あとは切手を、一枚貼るだけ

接著，只要再貼上一枚郵票

OGAWA YOKO
小川洋子
HORIE TOSHIYUKI
堀江敏幸
——著

蘇文淑——譯

第 1 封

昨天，我做了一個重大決定，今後我將永遠閉上我的眼睛。不管是醒著時，抑或者是睡著了之後，永永遠遠。

這麼說，可能會引起你不必要的憂慮，但是請別太過擔心，我們人一天裡頭原本有三分之一的時間就是睡著的，其他時候也會不時眨眼遮斷自己的視線，因此若有機會縝密計算，恐怕人一天裡頭真正睜開眼睛的時間短得令人咋舌呢。我們總是把自己想得太滿，以為自己睜亮了眼睛看清楚了眼前世界，其實那只不過是錯覺，泰半時刻，映入我們眼簾裡的就只有黑暗，因此沒有什麼好擔心的。

當然我做這決定也會讓我失去許多，也有人勸我要再多想一想，可是即使我把眼皮闔上了，也還是可以像這樣子寫信給你，語言本身並未消失，既然如此，已經足夠。

映顯在黑暗底的文字比寫在白色信紙上的字看起來表情更豐富、層次更深遂。但明明輪廓是那麼樣的清晰，一往它們內側對焦，卻好像一個個都逐漸心虛了

起來一樣，開始晃動，彷彿每一個文字都隱藏了一點屬於它們自己的私密故事。

像這樣一封寫在黑暗之上的信箋，貼在上頭的郵票，最適合拿來用的當非唐納・埃文斯①的郵票莫屬了，你說是不是？那一張張並排在集郵本子黑底內頁上的、屬於遠方某個小國度令人愛不釋手的郵票。

至今我還清楚記得許久以前你第一次寄給我的那封信，老實說裡頭寫了些什麼，我老早已經忘光了，但貼在上頭的郵票卻一直鮮明留存於印象之中。在那符合了寄送一封信所需郵資的常見官方郵票底下，還另外貼著一枚我從來沒見過的郵票，要等到好一陣子之後，我才發現，原來那是你親手繪製的。

圖案是一隻昆蟲。後來我翻開圖鑑查找，可惜終究沒找到。那是一隻外觀很

① Donald Evans，1945～1977，美國藝術家，以創作手工郵票聞名。

平凡的蟲子，看起來彷彿除了「昆蟲」這個稱呼之外，它完完全全不渴求其他多餘的表現。它趴在一片平整的葉子上，頭與肢體分成了兩節，顏色是深褐色的，從樹蔭間落下的陽光照得它身子光燦燦。那樣的質感，以及六隻腳上密密麻麻的覆毛與葉脈都被仔仔細細描畫了出來，而且為了要將它塞進那小小的方塊之中，連線條也簡化了，沒有任何一絲多餘。

不曉得這是不是一隻會飛的蟲子？搞不好遇到緊急狀況時它身體中間會裂開一道縫，從裡頭伸出翅膀？不過它看起來半點也沒有要跟敵人廝殺的緊繃感，短得好像沒有什麼用處的觸角只是一味往前伸，彷彿正在猶豫接下來到底該往哪個方向前進一樣。

雖然圖案看起來有點奇特，但那的確是一枚很精美的郵票沒錯。無論紙質、色彩的飽和度或是寫在角落裡的英文字母，在在都令人覺得那是一枚真正的郵票沒錯。更何況，它根本就被大大方方的貼在信封上頭，一點也不在乎另一枚真正郵票的存在，最令人誤以為那是一枚真正郵票的，在於那沿著邊緣齒孔撕開時會出現的鋸齒形狀，圍繞著四周，環成了一圈微小的半圓延續，成為它主張真貨的證明。

就算郵局員工被糊弄過去了也不足為奇。也可能是因為上頭已經貼了正確郵資，郵務員也不想多計較了吧，總之兩張郵票都被公平蓋上了郵戳，彷彿像是承認那隻迷惘的蟲子亦是一只運送語言的印記。

我是那時候才知道原來你很會畫圖，這發現令我很驚喜，因為擅長畫圖的人之於我，就像是能三兩下就解開三角函數或是隨興後空翻的人一樣，都是很神祕的存在。

「我只是模仿唐納．埃文斯而已啦。」

我告訴你我對於你那充滿玩心、浪漫又細膩費工的郵票的感想之後，你只是一副沒什麼啦的表情這樣子說。

「拿母親的花邊剪刀來剪也是他的創意喔。」

你毫不藏私的大方說出了那個邊緣齒孔的祕密。接著，下一個月我的生日來臨時，你送了我一本埃文斯的圖冊與一把花邊剪刀。書與剪刀，兩種不同形體的物品被包裹在一起，看起來好像費了好一番功夫才被打好緞帶的包裹靜靜的躺在我的雙手之中，害臊的呈現出一副忸怩的姿態。

從國旗到語言、貨幣、氣候、宗教以至於風土文物，在短暫人生中有系統打造出這一切體系，創造出一個虛幻的國度，賦予它名號，並畫出由這國家所發行的多達四千張郵票的畫家。

我讀完了圖冊上關於埃文斯的介紹後，才恍然大悟為什麼你的那隻昆蟲沒有出現在圖鑑裡頭，因為那是一隻棲息於幻想國度的山坡之上，廣闊雜木林裡頭的幻想之蟲。要是我能打開被收藏在那個國家的圖書館裡的圖鑑，肯定就能看見那隻昆蟲的名稱、交配方式甚至是它藏匿蟲卵的方式吧。畢竟它長得那麼平凡卻被畫成了郵票，肯定不是被指定成國家天然紀念物的蟲子，就是乾燥後可以泡來當萬用藥茶喝的，總之一定是備受全國人民偏愛的一種昆蟲。

你還記得我用那把花邊剪刀做成的一只布偶嗎？我用深棕色的不織布裁成了不倒翁形狀的橢圓形，在裡頭塞滿了棉花後縫成了一只昆蟲布偶。那時候費了好一番勁才把它的六隻腳跟兩隻觸角縫上去，至於眼睛跟嘴巴不曉得該怎麼處理，只好用黑鈕釦跟毛線隨便縫個大概。做好的成品怎麼看，都像是一隻快死的土鱉或者是太肥的蜈蚣身體的一截斷片。

我們很喜歡它，管它叫做「唐納王子」。它便是那個不管轉了幾班飛機都無法到達可是卻真實存在於信封一隅的王國裡頭的王子。我們拿它嚇唬你那個偶爾來玩的姪女（每次都把她嚇得嚎啕大哭），有時又毫無由來一直摸著它，有時候會拿它來擦拭櫃子的灰塵，盡做一些不適合對待一位王子的行為。不曉得是不是因為這樣的緣故，有一隻觸角後來掉了，裡頭的棉花跑了出來，背上皺巴巴的看起來很淒慘，感覺好像是什麼爭奪王位繼承權失敗後的落魄亡命人。

那只布偶後來不曉得哪兒去了。我並沒有印象把它扔了，但不知何時，它卻不知蹤影。不知何時——這樣一個無奈的方式，一件件人事物從我的眼前杳然離去。其中唐納王子的去向特別令人掛心，或許它現在已經回到了紛爭偃息、時局安穩的祖國了？回到那雜樹林深處，在罕有人跡踏入的幽暗樹蔭底下安穩歇息，卻也依然震震顫顫的伸出觸角、一逕的往前探吧？此刻我可以非常清楚的看見那幅景象，它的腿節前方覆毛碰觸到了枯葉時所發出的沙沙聲響、濕潤的泥土味道，甚至連它觸角前端隱微的空氣震盪都被傳進了我眼瞼的內側。

眼睛再也看不見的，正也所以在黝闇底盡浮顯得更為清明。沒有什麼生存方式比這更適合棲息於幻想國度的唐納王子了。至於那本畫冊與那把花邊剪刀，則與王子相反，至今還在我的手邊。只要我想，隨時可以翻開扉頁，看見那鋸齒邊緣的齒孔。

不知不覺間消失的人事物、依然還留在身邊的人事物。明明已遠在他方，卻只要一閉上眼睛便能夠再度相會。而一相會，便彼此都意識到了其實從來不曾分離。只要一伸出手，便碰觸得到對方，不覺靦腆相視一笑，在那寬僅不過一枚郵票的眼皮底下，那小小的黑暗之中。

今天中午來找我的一位譯者朋友提到了一位很特別的荷蘭作家，說是專寫動物出場的作品，說是這作者有一個段落提到了一頭只認得一個音的大象在寫信。我那譯者朋友考量了一下到底該把這單單一個音譯為什麼後，選擇了「く」。

「くくくくくくくくくくくく……」

真是多麼貼切的譯法呀！寫來簡單，字形看來好像碎掉的餅乾屑一樣可愛，聽來好像是日常生活中的小鳥啼唱，又彷彿是年輕女孩兒忍俊不住的竊笑聲。這是多麼美好的一封信哪，我都忍不住幻想自己也能夠收到這樣一封信了。同時我也意外發現，原來只要認得一個音，就能夠寫信了。信，這種東西是如此不可思議充滿了包容力，簡直要讓人敬畏了起來。

聽說了大象的故事後，我便忍不住開始揣想，要是由我來寫一封只能夠用一個音寫的信，我會挑選哪個音呢？同樣都是笑聲，「ㄏ」感覺很刻意，「ㄒ」或「ㄙ」聽起來有點壞心眼，「ㄟ」太輕浮，「ㄌ」又顯得太樂天了。「ㄧ」好像有點陰暗，「ㄎ」聽起來有點吵，「ㄘ」又太逼仄了。「ㄇ」顯得有戀母情結似的，「ㄚ」不曉得為什麼又讓人覺得好像太享樂……，出乎意料的還有點難呢。

比方說，挑選「ㄖ」這個字的話怎麼樣呢？

「ㄖㄖㄖㄖㄖㄖㄖㄖㄖㄖㄖㄖ……」

聽起來像不像是一份又一份插著牙籤的派對小點被端端整整擺在那邊？聲響中彷彿有種猶豫，好像伸出了手正要去拿時忽然懷疑，咦，我到底該拿哪一份？心中有點沒底，不確定自己選的對不對，感覺喉頭的深處彷彿還另外藏著什麼真正應該要表達的其他字眼。那份謹慎，很是叫人鍾情。

又譬如，「ㄋ」。

「ㄋㄋㄋㄋㄋㄋㄋㄋㄋㄋㄋㄋㄋ……」

彷彿從彎起的舌頭中滾了出來，輕快得就要歡唱了起來一樣的卻是一整列弓著背、抱著膝蓋的小孩子。膝頭緊緊併攏，被圈在雙臂之中，確確實實埋進了額頭與脖子之間。就算抬起眼來，看到的也只有前面那個小孩的後背，沒有半個孩子知道自己到底為什麼排成一隊，究竟正在等待著什麼。

我想收到這樣一封信的人，肯定會想輕輕拉起「ㄋ」的一端，於是「ㄋ」便滑溜溜的張開了來，像絲帶一樣的彼此連結，讓那些膝頭應該已經僵得不得了的小孩子終於能夠把腿伸直，也不用再擔心，在隊伍前頭等著自己的到底是什麼了。

但我還是應該會選擇「ㄥ」吧。

既像在附和，又像是偏著頭溫柔回問。像正在沉吟些什麼，想爭取時間，先不給出答案。也像是肯定、寬宥所有一切……。應該有各式各樣的解讀吧，不過我在這樣一封信裡頭，想寫的就只有一件事——這裡並不存在著語言。就只是這樣。無論在喉頭深處或舌頭上面又或者在緞帶結裡，都未隱藏任何語言。不管信紙上被填滿了多少個「ㄥ」，都只有令無言更深沉。我想寄給你的，就是這麼樣一封信。

朋友理所當然一樣留了一冊新譯好的小說給已經閉上了眼睛的我之後，便又回去阿姆斯特丹了。她在那兒已經住了三十幾年，但現在只要回來一陣子，好像回去時荷蘭文依然會變得不靈光。她開玩笑說剛把東西塞進行李箱裡準備回去呢，已經感覺自己的荷蘭文好像又開始垮解了。

這證明了連一句話也不會說的嬰兒時期隨隨便便聽進耳朵裡的母語，依然比努力了三十年才一點一滴累積起來的外語更具有絕對優勢吧？只要稍一不留神，無敵的小嬰兒便會跑來破壞積木堆起的高塔。他嘴角漾盪著霸道的笑容，眼神中閃耀出想要為所欲為的光芒。在這口齒不清啊呀嗚呀的伸出沾滿了口水、斷奶食品與汗水的小手，不容分說就往前猛揮的小嬰兒面前，搖搖欲墜的積木哪有什麼能力抵抗呢？應聲就垮了。

母語與荷蘭語，架在兩者中間的是積木般單薄又危墜的橋。我打從心底敬重這位帶著勇氣不斷往返於危橋兩端的朋友，畢竟往返於兩種不同語種之間的旅程，恐怕比橫渡無論如何浩瀚的大海都更叫人心慌無措吧。

「母語」之所以會用「母」這個字，想來多少也是為了緩解那樣的心慌？要是用了「父」，感覺好像無論怎樣都沒辦法寬解那份畏怯呢。畢竟要把弄垮了積木的小嬰兒給抱起來輕輕哄、輕輕搖，還是要母親的手臂才有辦法哪。

我之所以會對一隻只懂得一個音的大象所寫的信產生如此諸般連想，都托了那位勇敢的語言旅者之福。說到這，你知道象寶寶也會吸吮自己的鼻子嗎，就像人類的嬰兒會吸吮自己的手指頭一樣？不管是手指或鼻子，仔細一想，忍不住要把自己身體一部分放進嘴巴裡的這種行為實在是一種很有意思的習性。人是會做無謂行為的生物，但沒想到，竟連順應大自然生存的那麼聰慧的野生動物也會有類似行為，實在讓人有點意外。

是為了要把自己留在這世界而做的抵抗嗎？怕自己輕飄飄的就被吸進了某個未知的遠方，而拚命拉住了自己的鼻子或手指頭嗎？說來人類的手指頭跟大象的鼻子，都是很適合拉住的往外延伸的形體呢。

象群正在熱帶莽原的水邊歇息，為了在旱季尋求水源而不斷行走的牠們早已經筋疲力盡，品嚐著好幾日沒喝到的水，在龜裂的皮膚上塗抹泥巴潤澤，甩動耳朵降低體溫。但就連這麼做的時候，成年象群也不忘戒備其他同時也聚集來到珍貴水源旁的動物，牠們漆黑的眼睛裡，永遠盈滿了緊張。

成象們腿間隱隱約約守護著一頭小象，讓牠最早喝水，現在牠正終於恢復了過來，已經忘記自己半途上被捲入了沙暴之中，眼睛睜不開，差點兒就要丟失方向與象群離散了。要不是母象趕緊蹭了牠的屁股，牠早已繼續朝其他方向走去，落單

成為其他肉食動物的食糧。小象沒有發現自己眼睛閉起來，牠以為自己眼睛睜得大大的追著在沙暴中逐漸模糊的母親身影呢，但其實牠早已闔上眼睛，當時映照在牠眼瞳上的，是穿透了眼瞼的陽光在受到眼淚反射後所呈現出來的漫天飛舞的假沙暴。

儘管小象年紀小得不管如何重要的事情都會轉眼就忘，但也就因為牠剛出世不久，還強烈具備能夠接收到來自遙遠幽暗之處訊息的能力，為了怕自己被吸進那片闃暗之中，為了想確認自己此刻身體就在此處，牠才會那麼執著的吸吮鼻子。

那時候，小象鼻子中流瀉出來的聲音會是——

「ㄍㄍㄍㄍㄍ」？

還是——

「ㄥㄥㄥㄥㄥ」呢？

很巧合的，唐納．埃文斯去世的地點也是在阿姆斯特丹。生於美國紐澤西的他於造訪阿姆斯特丹友人家時遇到了火災，三十一歲與世長辭。

每當我想起這位一直畫著不存在於這個世界但卻存屬於彼處的郵票畫家命喪火舌的這件事，便感到哀傷，不曉得為什麼，我卻不曉得該如何悼念他。感覺就好像是悼念的方法也隨著他的死一起被焚掉了一樣，心裡沒底。我感覺，即使我合掌說出什麼悼念的語句，我的話語也絕對沒有辦法傳達到他耳邊。

他是否意識到了自己的死亡呢？那三十一歲的年輕若此啊，就算死亡來臨的當下他根本來不及意會過來眼前發生的一切究竟是怎麼回事，也不足為奇吧。

搞不好埃文斯應該更常常吸吸他的手指頭的。我不禁這樣胡思亂想。我忘了是在哪兒讀過，埃文斯母親由於太過珍惜這個上了年紀後才生下來的寶貝，在他誕生以後，整整有一個月沒有把他給任何人看過。這般傳奇的母愛展現，搞不好讓小埃文斯根本從來就沒吸吮過自己的手指頭也不一定？要是他更常吸吸自己的手指頭，把自己牢牢留在這個世界的地表上，也許就不會被火焰中伸出來的手給拉走了……象寶寶吸吮自己鼻子的事讓我不禁連想到了這些。

不管是悼念之意或什麼，當然我清楚，也唯獨清楚，能寄送到他身邊的只有貼上了他郵票的信箋而已。

他所繪製的郵票於一八五二年到一九七三年間發行，回頭一減，這個數字是一百二十一年。我實在不由得要把這數字跟埃文斯的生年兩相比較，這麼一比，也就自然會覺得，其實埃文斯此時此刻依然還活在他所架空出來的世界裡。我想應該沒有人會懷疑吧？就算是郵局員工也會毫不猶豫的蓋下郵戳才對。

你去過阿姆斯特丹的安妮之家（Anne Frank House）嗎？從德國逃到荷蘭的法蘭克家的一家之主奧圖．法蘭克（Otto Frank）所成立的食品公司奧佩克塔（Opekta）就設立於阿姆斯特丹市中心附近的王子運河街263號。那是一棟非常荷蘭風格的狹長建築，前頭有運河流過，一旁馬上就是一幢鐘樓非常氣派的教會，而安妮一家人，就躲在連結於這棟公司建築物後頭的「後宅」之中。

我忽然有點好奇，埃文斯遇上火災的那棟建築物跟安妮之家近不近？火災發生在一九七七年，那時候，安妮之家已經被當成了紀念館對外開放。其實這種事攤開地圖來查馬上就知道，可是你也曉得，我目前的情況比較複雜一點，做事不是這麼方便。

不過我倒是覺得兩棟房子應該沒有離得很遠才對，雖然我這樣想有點獨斷，但那是個很平坦的小市鎮，即使從安妮與彼得（Peter van Pels）曾私下度過雙人時光的那扇閣樓密室的小窗子中看得見火災的黑煙也不足為奇，甚至搞不好連消防警鈴都聽得見呢。對於藏匿在安妮之家的眾人而言，緊急車輛的警鈴聲聽起來總像是什麼不祥的死亡預兆，在被窗扇與厚重的窗簾遮住了窗戶的後宅裡頭，即使連白天也能被允許從窗戶後往外窺看的那扇閣樓小窗是極為珍貴的存在。安妮與彼得曾一起坐在窗旁凝視馬栗樹上閃閃晶亮的小雨滴、陽光下閃耀銀光的海鷗群，被那些美感動得說不出話來。

「只要這些還在，只要我還能活著看見這些——這陽光、這晴朗的藍天，我就不會不幸。」

一九四四年八月四日，跑去後宅抓走了那些躲藏者的祕密警察所開的車子是不是也曾響起了警鈴呢？那似乎是個天氣很棒的日子。清朗的一個上午。肯定不管是馬栗樹或海鷗、藍天或清風，都在光燦燦的夏陽之下閃亮得更耀眼了吧？埃文斯喪命那時候，安妮之家的人已經幾乎都成了黃泉之人，只剩下奧圖．法蘭克還活著。《安妮的日記》是安妮寫給虛構的朋友吉蒂的書信，那些信雖然沒有被投進阿姆斯特丹的郵筒裡，但卻以唯有虛構世界中可以寄送的方式被寄出。那方式，不消說，自是貼上埃文斯的郵票。

從小我不曉得為什麼，就被關在什麼東西裡面的人、把自己關起來的人或是把東西關起來的人給強烈吸引。安妮．法蘭克、長髮公主、《人間椅子》裡的椅匠、歌劇魅影裡的魅影、約瑟夫．康乃爾（Joseph Cornell，1903～1972，美國藝術家）、《地板下的小矮人（The Borrowers）》、鐘樓怪人、羅伯特．庫特萊斯（Robert Coutelas，1930～1985，法國藝術家）……或者是被封在一方方格之中的西洋棋與黑白棋、簑蛾、纏足、福馬林標本、箱庭、娃娃屋、在圓筒狀海綿中度過了一生的儷蝦……，當然，還有把一整個世界都給關進了郵票這種最小尺寸空間中，再以花邊剪刀將四周封起的唐納．埃文斯，自然也是他們之中的一員。

他們雖各自沉潛在各自的界線內，卻並不孤絕，乘著各自的小舟泛盪在我心上某片湖泊。那是個一站在湖畔馬上就能一眼看盡湖岸線的小小湖泊，小得都快被誤認為是個池子了，但已足夠他們各自隨興泛盪漂流而不會撞著彼此。水靜無波，水很深，泛著薄綠色澤。

那個湖並沒有連結到外頭水路，像是獨自漂在空中一樣的小湖泊，究竟他們是從哪裡聚集而來的呢？我一點也沒有頭緒。就性情來看，他們似乎也不是會一起攜手而來的人，所以我想，應是各自單獨划著小舟默默聚集到這兒來的吧。每當有新同伴加入的時候，他們也不會特地歡迎，從不激昂，水面依然平靜。

有的小舟大膽划動了船槳，畫出了優雅水紋前進。有的小舟將船頭一逕朝著複雜的岸邊，文風不動。有的只是任水漂流，也有的一直在同一個地點打轉。有時候不曉得為什麼，忽的船身彼此靠近了，但他們也不交談，就算瞬間交會了眼神也只是維持禮貌，僅以眼神安靜致意。

我站在岸邊觀望他們，不管小舟或湖泊，他們絕不會往外踏出一步，所以我大可安心。我小心別擾了他們的清淨，張開耳朵，傾聽水面輕微的聲響。

說起來，這片湖泊就像是我招待自己朋友來訪的小屋，是我將諸般能讓自己感覺親近的事物化為圖案的集郵冊，是願意容納我所有語言的日記。

當我決定一直閉上自己的眼睛時，我察覺到，那一刻我是在自己的湖上泛出了自己的小舟了。既然是我自己所打造出來的湖泊，是我自己把自己關進去的，又有什麼好心慌的呢？那是我所熟悉的場所。我的日記，安妮肯定會拿起來讀一讀吧，唐納王子應該也會教我怎麼畫圖。偶爾寂寞了，我就指指西洋棋、敲響鐘聲，踮起腳尖，跳舞吧。

舊時看過的一部片子裡有這麼一幕——一個身懷六甲的警長好不容易解決了一樁麻煩的假綁票案，回家後跟先生一起躺在床上休息，這時候先生有點害臊的跟她說自己的畫作被採用為新郵票的圖案了。警長聽了好開心呀，盛大讚美了先生的才能一番，也為他獻上祝福。但是先生還是很內斂，只說「那只是三分美金的郵票而已啦……」。兩人一邊想著即將誕生的孩子還有即將發行的新郵票，沉浸在幸福裡頭。

我當時心想要是將來我結婚的話，我也想要變成像他們那樣的夫妻。那是還容得人天真做夢的年歲。每當我想起那一幕，就有那麼短暫的片刻，有種錯覺自己也能夠理解什麼叫做婚姻的幸福滋味，而那錯覺的形而上表徵，就是郵票。雖然只不過具有一點點金錢上的價值，但像成反比一樣，蘊藏了能將這世界的萬千花樣都關進它自己裡頭的浩瀚廣闊，又從不訴苦，只是默默跋涉過了令人難以置信的距離，甚也從不逾矩，絕對不會離開信封上那一爿小小的角落，令人憐愛的郵票。

今晚我睡覺的時候，會一邊想像那個警長老公畫的三分美金郵票是什麼圖案，一邊沉入夢鄉。一直閉著眼睛，不免開始擔心自己會不會搞不太清楚到底從什麼時候開始算是睡著、什麼時候開始又算是醒來。我希望能像以前那樣，每當閉上了眼睛準備睡覺，視野逐漸暗下來的時候，就知道自己正要昏入眠夢之中了。我想要有一點區隔，所以我決定讓郵票浮現在我的黑暗之中。當郵票的四個邊角消失時，我就知道，啊，那一刻就是我墜入眠夢中的一刻。三分美金的郵票肯定能帶給我一夜好眠吧。其實昨晚，在我第一個決定永遠閉起雙眼的夜裡，為我捎來入睡暗示的，便是你那張昆蟲郵票呢。

你也知道我這人性子急，這個性至今依然沒變。依然講話飛快，照舊主觀輕率，一樣不把嚼完的口香糖立刻吐掉就覺得犯膩。因而我明知先攻不利，還是無論如何都耐不住性子，無法靜待佳機來臨。說真的，明明不管是下西洋棋、打棒球或者冰球，後攻才是先機。

所以請不用惦記著要趕快回信給我。我想不說你也知道，我現在就算收到了你的回信，也無法展信來讀。一回合的明確攻擊才剛結束，驟然雨落，停賽。這並不是什麼罕見的情況。

寫得老長，感念你耐心讀完。晚安。

寫於春末風強的夜裡——

第 2 封

我也還記得很清楚自己在第一次寄給妳的信封上貼了一張虛構的郵票這件事。花、鳥、樹木、動物、魚、交通工具——妳從來沒問過我為什麼會從我依照小孩子看的圖鑑上所做的大略分類而繪製的一整套零點五三的套票裡頭，挑選了一隻昆蟲寄給妳。當然我很清楚自己那張假郵票會被接受，才另外在旁邊又貼了一張正式的郵票，可是我想妳一定很清楚，那隻被困在一方長方形之中的並不是什麼虛擬的小蟲，而是一隻名為 Ungeziefer、實際存在的蟲子，而且妳一定也知道，它是有些緣故才沒被收錄在圖鑑裡頭。畢竟那是之於過去的妳的未來身影，也是過去的我在遙想未來的自己時所浮現的影像。我之所以會用一隻沒有眼瞼的昆蟲向妳預告將來妳應會閉上自己眼睛的這件事，是因為它那空蕩蕩的眼神在我看來，可以是一種對於這世界——這逼迫我們把心靈對外開放的世界所做的積極防禦。

Ungeziefer 聽得懂周遭所說的話，然而它想要守護自己語言的那一份真誠之心卻反而逐漸為它招來了周遭的不諒解。當然它也知道，自己所說的話已經不屬於人類的語言、也知道自己所發出的聲音，聽來就像是什麼不明野獸所發出的低吼，為了死守自己的語言，它只有把過長的觸角裁斷，躲進房裡不出來。我相信妳的朋友所說的那只知道一個音的大象的故事，一定跟這隻土褐色的蟲子之間有什麼關連。單一文字的樂音串不成字詞，反倒直接轉成了無言。一開始，妳就曾說過同樣的事，妳說，噫，信這種東西，其實到頭來就是一種無聲的交流嘛，而為了提高那無聲的質地，活生生的人才得面對面，互相送出具有質量的語言與聲音呢。當時妳這樣說。那張郵票裡頭的那隻讓自己的語言趨近於沉默的蟲，其實就存在於妳我關係的本質之中。

有件事我得跟妳道歉。妳生日時我送妳的那把花邊剪刀，其實也是我對於預想的未來所做的一項賭注。我設想妳在不久的將來或許會為了抵抗把自己關進黑暗裡頭的誘惑，而以自己的雙手剪下自己的眼瞼。那時候，或許妳會選用不是那麼順手的花邊剪刀，而不是用更為銳利的小刀或裁縫剪刀？我這般胡想。而妳那剪下來的眼瞼上，也肯定沒有任何一滴血，只白得像是敬神的紙垂一樣那麼聖潔，又像是一把沉入了深邃湖底的銅鏡，映照出了一片清心。穿得一身白，避人耳目、探求不可見的光景，這是巫女的職責，而挑選出一框闃暗，將不存在於這世上任何國度的郵票投影於眼瞼內裡的作法則是對於這世界——而非自己——所做的一種卜卦。當然，不管妳選擇閉上或打開，我都將追隨妳的步伐而去。

我畫的那些郵票幾乎都是按照實際尺寸去畫的，然而我跟妳說我那些邊緣齒孔是用花邊剪刀剪製的，則是最早期的作法，後來改用老式的手動打字機的黑點鍵作業。我先用鉛筆在畫在紙上的郵票四邊上輕輕畫出細線，接著用打字機的黑點鍵沿著細線打出一連串黑點，然後拿一般剪刀沿著黑點中線剪下來。只要把郵票貼在黑色紙張上，那剩下一半的殘黑就會形成保護色褪入背景之中，只留下邊緣的白色波浪。我之前寄給妳的信封之所以會清一色都是黑的就是因為這樣，我可不是故意讓它們看起來像訃聞唷。不過那些黑點的大小跟間隔，我每一枚都仔細計算過，花卉系列用的打字機是一九二〇年代的史密斯．科羅納（Smith Corona），鳥類是一九三〇年代的安德．伍德（Underwood Typewriter Company），樹木是一九四〇年代的雷明頓（Remington），動物則是一九五〇年代的奧林匹亞（Olympia），魚類是一九六〇年代的好利獲得（Olivetti），交通工具則當然用的是一九六〇年代的愛馬仕（Hermes Baby）。由於圓筒的硬化及鍵帽的耗損，黑點在排列與色澤上也多少會出現一些差異，對我來說，那些差異所形成的空隙便是心靈不允許被完全封閉起來的光芒，或許也可以說，是射向闃暗中的一絲渺茫的希望之光吧。

其實我原本想送妳的不是埃文斯的畫冊，只不過我想送妳的那本書怎麼也找不到，只好臨時請埃文斯上場代打。現在想想，當時沒從我那亂七八糟的書房裡找到那本書或許也是一種機運，因為那書是如此適合現在這個決定連清醒的時候也要閉上眼睛的妳呀。我昔日隨身攜著那本由文字與照片所構成的小書，真數不清到底有多少次解開了那本書的書繩，無論是在自己的房裡、在飯店裡、圖書館裡或咖啡廳的戶外雅座上，只要一得空便把它拿出來翻看。從在書店平台上遇見它的那天起，轉眼忽溜已經過了二十幾年，這段漫長的年月裡我一次又一次遁入了作者尤金・鮑夫恰爾[2]——先後喪失一眼視力終至全盲的一位攝影師——的內裡世界，品讀了一次又一次由我所不懂的文字寫成的我所不懂的書，投入得連自己都快搞不清楚我到底是讀者還是作者本人了。而與這樣一本書交雜了現實與虛幻的關係，我很想與妳共享。

在湖畔遇見妳之前，我曾試圖與這位作家一起譜寫出不屬於任何人的文字，當時如果再繼續追求下去，已經到了恐怕不只是要閉上眼簾，而是永遠都無法在有光的世界裡呼吸的地步。就在那地步之前，我退縮了。我停下了腳步回頭，因為我判斷我沒有辦法自己一個人繼續前進。那一次失態之後，那本書就不見了，而就在前幾天，我居然在書房角落裡看見它像隻甲蟲一樣的蜷縮在那裡。請妳別誤會，我並沒有拿著腐爛的蘋果丟它，不是我把它驅趕到那偏僻的角落，而是它自己出現在那裡的。Ungeziefer，那甲蟲的背上纖弱的天使之翼，一下子左一下子右、一下子又上上下下的飛來舞去之後終於落在我右肩上輕聲說，嗳，差不多了吧，就把我送到她身邊去吧？沒什麼好猶豫的。是說誰會猶豫呢？我快快找好了一艘開往這裡最近的一間郵局的船，想在今年妳生日時無論如何都要給妳送去。是一艘具有碎冰機能的船，即使妳的心湖已經結凍了，也能繼續前進。為了怕遇見什麼意外情況，我還在船上堆了好幾天份的糧食，沒想到就在我出發的那個早晨，就收到了妳的來信，宣告「我將會永遠閉上我的眼睛」的那封信。

妳應是一字一字仔細挑選詞彙，把它們字字堆疊了起來吧。妳是否連口述也沒用，只是以金色睫毛夾將映寫在眼簾上的文字一字字夾起，組合到了有許多空白

② Evgen Bavcar，1946～生於斯洛維尼亞，以聽覺與觸覺攝影。

的活版上呢?只要讀過一遍,便能感受到那是一封所有字都被擺在了應當擺的地方,烙印在紙上彷彿是用念力寫成的一封信。我徬徨了。該怎麼回覆這樣的一封信?我想我不應只是把溢出來的字句撿起來收攏成堆,我也該像妳一樣,將心中所思所想,先烙印在印畫紙上,但我如何能辦到?若我有什麼能夠辦到的,大概也只是茫然追隨 Ungeziefer 化成了螢火蟲的光跡而去,與妳一同將半個身子遁入前方的書中世界吧?書中的敘述者是我的分身,而那兒的妳則是此刻讀著這封信的妳吧。現實中的我把應是自己在書裡頭體驗到的事情化成了自己的經歷,沉入了身體最深最深的底盡,與妳一同活過。這樣奇特的作法有可能實現嗎?我不知道,但我知道,「我們」若要共同繼續這趟旅程,似乎也只有這個法子了。

*

那一天，我很急。從村子邊緣的家裡到學校要先沿著山丘繞半圈，接著從那裡有一條比較緩的砂石路可以通往學校，是村公所唯一允許的上學路徑。爬到山腰後，就是一片開闊的平原，可以眺望到學校的鐘塔與校園。那一天我違反了規定，因為聽說在校園後的湧泉池那裡出現了幻夢般的晝螢飛舞。螢火蟲這種生物，分成了在夜晚發亮的與不在夜晚發亮的，而在白晝裡出沒的由於發光器退化，並不會發光。

可是就在幾年前，我們理科老師（同時也是一位自由研究員）發現了一種腹部具備特殊發光器，會在紅、藍、白間轉換色澤，即使連在白晝太陽下，也能清楚辨識到光芒的螢火蟲。但村裡的教育委員會要老師先別進行學術發表，等確定了那種蟲在物種分類上的確是屬於螢火蟲沒錯後再說。他們打算等掌握了某個程度的蟲體數後再對外公開，把村子包裝成「晝螢村」來行銷。老師很老實的照辦了，他心想隔年應該還看得到。過了兩年，老師生了病，翌年病故。要等再過了一年之後，才又看見了晝螢的蹤跡。繼承了那份研究的研究員們很仔細比對分析了第一次發現時的紀錄與第二次發現時的情況——需要多長時間，三色亂舞才會映照在清澄的水面上？池塘周邊葉色紅了的樹種是什麼？開了什麼樣的花？還有陽光映照的程度、光影拉得多長等等的細節，全都一一比對，那天正是所有條件都即將與第二次發現時相同的日子，相關人等發表了晝螢很可能會在隔天下午兩點到三點之間亮起光絲的消息，全村仕紳都因著老師的過世而動了起來。

我不管如何就是很想看一眼那晝螢的螢光，如果有可能，我還想偷偷抓一隻回來當成我母親的生日禮物送給她。為此，我必須藏身在池塘南側的草叢裡，小心別被朋友們發現，快手快腳跑去抓一隻回來才行。我走離了平常的上學路徑，穿過被告誡不可進去的樹林，往池塘的方向走。那並不是一條我熟悉的小徑，不僅坡度很斜，林子裡還幽昏昏的看不太清楚前方，陽光都被群樹給遮擋了。我好不容易總算在高過自己的樹林裡探手前進，汗水淋漓的走到了感受得到水光瀲灩的地方，

正打算歇口氣，水邊一根蒼硬的松枝忽然往我伸手撥開前方障礙物以確保視野的前頭彈了回來，啪的擊上了我左眼。或者應該說是「刺」上來才比較正確吧？眼瞼並沒有守住我的眼睛，我當場就蹲了下去，連一聲也哼不出來的拚命忍耐，等待疼痛過去。但按在眼上的手中開始滴下血水，頭頂開始發熱，漸漸難以呼吸。我朦朧的意識中只聽見人聲像雜音一樣傳了過來，似乎是朋友們圍了上來，這時候，右眼也像是要激勵左眼一樣的跟著閉了起來。黑暗落下。但在黑暗前頭，有一些發著白光的光球在飄蕩。我當時已經痛得忘了自己是去那邊幹嘛的了，過了一會兒後才意識到，啊，那就是晝螢的光啊。長著翅膀的白光一團團飄向我微睜的右眼，接著我人便失去意識了。

等我醒來時，已經在學校的保健室，血似乎已經止住，但疼痛並未消散。在白濁濁的視野裡頭出現了母親的臉。請馬上把妳小孩帶去看醫生。級任導師說了一家在教堂前面的廣場邊的醫院名稱，母親哭著點頭。不是那樣的淚水呀，我想看的不是那個。她的淚水，應當是為了我的禮物而流。老師，我發出沙啞的聲音，大概出現了幾隻晝螢啊？你人不是在那裡嗎？是啊。那你也知道吧。知道什麼？晝螢連一隻也沒出現啊。

後來我被醫院診斷為失去了左眼視力，不過那種小事根本就無所謂，我看見的無疑就是晝螢沒錯。我看見沒有其他人看見的晝螢了，只有我一個人知道的光之天使，我反而是感到自豪的。那是在我十歲時發生的事。我的父親是位手藝高超的銅鍋師傅，可是在我七歲的時候過世了，留下我與母親兩人相依為命。雖然我犧牲了左眼，可是我反而得到了特別的光，今後我將用那光照亮我母親——我在心底如此發誓。只是很可惜，這種極其標準的野心只不過在一年後就迅速破滅了，事情發生在我跟朋友們跑去學校山丘對面的廢礦山撿廢料的時候。那個廢礦山到處都扔滿從前採礦現場所用的工具，對我們而言無疑是個絕佳的遊樂場，甚至還有朋友會去那裡撿拾廢五金去賣，我想我也撿點什麼拿去村子的市集上賣好了，於是開始搜找形狀完整的工具。我忘了到底找了多久，差不多就在太陽開始下山的時候，我在山丘斜坡上瞥見了一個沾滿泥塵，看來像是個鐵工具盒的箱子露出了一角。我好開心啊，趕快伸手拉它的提把想把它帶回家，就在那瞬間，轟——！一聲巨響與爆風襲來，我馬上昏了過去，人又被抬回了上次在一年前去過的那家醫院。這一次傷的是右眼。我母親已經氣得忘了要傷心了，只一直罵我。原來我觸碰的那盒子根本不是什麼工具箱，而是一個起爆器。

慎重檢查後，診斷說我當時雖然還多少看得見，但應該會慢慢失去視力。我心想好吧，在不久的將來，晝螢光芒也會映現在我的右眼之中，我就接受了吧。於是我打定主意，開始為失去僅存之眼的那一天預做準備。準備的並不是看不見之後的生活，而是看不見之前的這段日子自己該保有什麼心態。我猜在無垠沙漠裡的迷途之子應該也會有一樣的反應吧？現下人到底在哪裡？知道這，對一個正困在無垠沙漠裡頭的人一點意義也沒有，反倒是放棄想知道當下地點的心態才能夠讓無垠的沙漠邊際消失。我想就對著那看不見的眼球之光，灑去明燦燦的沙塵吧！

我得到了晝螢之光，但也必須對映覆在日常生活中所有其他光芒進行漫長的告別。幸好在光線完全消逝之前還有一點時間，我仔仔細細將此刻包圍住自己的這個世界所有色彩、美好的事物、天空的幻變、雲彩的流動、水畔的閃爍、親愛的將來的妳所吐出的白色呼息、躺著曬太陽的貓兒的毛、祖母烤給我的麵包的焦脆程度等等，每一項每一樣，所有一切事物情狀，我都細細在生活中用心凝視。世界如此美好，超乎我所能想像，我要準備好一個備齊了各種色彩的調色盤，把這一切的一切帶進黑暗底的世界。就像是帶便當去遠足一樣，非常輕鬆的感覺。

完全看不見之後，我去上了跟我有相同境遇的年輕人們上的學校，這一次，不再是準備，而是要進入同化訓練。那時我已經學會了怎麼用色彩去想像圍繞在自己身旁的各種情形，我將它們一項一項填上過去所存放起來的各種色彩。妳在湖邊跟我出聲打招呼時，浮上我眼簾的並不是血色，而是鮮豔的赤紅。隨著愈聊愈久，

那紅逐漸帶上了一點茶黃，最後變化為濃郁的胭脂色。之後妳的存在，便一直跟葡萄酒的色澤連結在了一起。已經打開了色彩迴路的我開始出現難以向其他人說明的行徑，我開始拍照了，我拍人像照。

能怎麼拍照呢？光線的兩個窗口都被闔上了？其實一點都不難。我只在室內攝影。我會請被攝者來到我的正前方，關掉燈源讓四周闃暗。接著伸出手來觸摸被攝者，掌握住對方與自己之間的距離感，這時候重要的是以語言先跟對方說明自己想怎麼拍，透過手的觸摸來掌握輪廓。在經過了這道程序後，對方與我之間會出現一種略帶微溫的空氣球在兩人之間漂來盪去。我所送出的空氣球在觸碰到了對方彈蹦回來的那一剎那，就像是肥皂泡泡破了一樣，那一刻，我會嗅聞到一種味道，接著，色彩便被附著上去了。那是唯有從光的世界之中來到黑暗裡會合而且沒有丟失了光的人才能被允許的心魂交流。好喔，我打光，按下了快門，將黑暗的世界關入黑暗的箱子中，於是發光的靈魂與白晝裡明滅的螢火蟲之光，都由不是我慣用的那一隻手被一同記錄了下來。

只是那些被我要求讓我拍照的人，總是很驚訝聽見我那麼請求。從他們的聲音、身體的顫動與滲透出來的疑惑中，我可以察覺得到。就算我能自己按下快門，卻不能自己沖放顯影，也沒有辦法確認照片上到底洗出了什麼，到底為什麼會想拍照呢？我看不見被攝者，被攝者亦不曾被我所視見。通常大家拍照時，多少都會對著相機擺弄出一些姿態，就算沒直視鏡頭，也會在察覺到自己正在被觀看的前提之下去調整自己的表情。臉部要放鬆、身體不要太僵硬、別讓勉強的笑容毀了整體。在這種欠缺了基本前提條件下的人像攝影真的有辦法成立嗎？我不知道。我想不知道應該也無所謂吧，這是我的想法。

話說回來，眼神究竟是什麼？眼皮是一種為了截斷想要對外送出眼神這種誘惑的正確裝置嗎？此刻我懷想起依然未曾親眼見過的妳，妳的臉龐就在我伸手可及之處，但我一睜開眼皮，妳已然不在。不在任何地方。眼神是一種夢。或者可以說是夢的整體吧？但是那裡頭不會孵出惡夢。深茫茫的黑——詩人這麼說，幽不見底的闃暗——作家如此寫，但我這個頭蓋裡頭就豢養著晝螢的人可以指出他們的謬誤。所謂的黑暗，不過只是一種外在表象，在人們生活裡，再如何黑魅的地方亦是由光所組成。光與黑暗並非表裡，黑暗是光的變奏，宇宙並非是從黑暗中開始，而由光中誕生。而且如果沒有光，底片就不會感光。我想我之所以會想拍照，大概是想把投影在自己眼瞼內的螢幕上那些絕無法顯現於外界的影像——譬如妳的微笑——給投射出去吧。我不用彩色底片。如果不是黑白，無從展現。

不過描繪存在輪廓的這種作業，一旦到了沖印階段，就必得放棄了。即使我將指腹沿著剛沖出來的相片表面摸撫或是臉頰貼著相片摩挲、掌心抵著它，我依然連一點溫度都感受不到。我不像處於這故事外頭的妳那樣，擁有能夠解讀事物之心的能力。顯像的那一刻，原本存在的清麗黑暗世界就此消失，我所能夠珍惜的，頂多只有那些自己摸索的片刻——該如何拍、該如何閉眼觀看這世界？

噢不對，也不只是這樣，我亦擁有快樂。聽見他者的聲音描寫我自己看不見的相片時的快樂。而且不是誰的聲音都好，必得要是值得信賴之人、能理解我所送出去的晝螢之語的人的聲音才可以。能夠讓語意不清的字詞就暫且語意不清，與我共同等待意義的粼光片羽恍如鑽石塵般墜下的那一刻到來，具有勇氣之人的聲音。在我喪失視線之前，家鄉的山谷裡我最愛的便是風了。輕撫臉頰、晃動了枝椏、在湖面上吹起水波的風。但那風兒不知道為什麼，卻會遮住我最、最想聽見之人——妳的聲音。妳的聲音，我幫妳拍的人像照，不曉得妳後來怎麼裝裱了，看見自己的相片之後又有些什麼感受？我好想聽妳說，卻聽不見妳。所以請容我請求，到不受風兒影響的地方去吧，到我聽得見妳聲音之處。不用電話，能讓我直接聽見妳聲音的地方。

*

初次搭乘水黽小舟划到妳心湖停泊，踏入妳房間的那一刻，我之中的另一個我出現了。我確定那允許粼粼水光與樹梢間落下的陽光進入的窗戶已經掩上，我倆已被包圍在黑翳之中後，忽然想也沒想的問妳，我可以幫妳拍照嗎？那時候的妳還能眨眼，然而妳卻讀懂了我之中另一個我的心思，立刻點頭答應。我倆在燦燦陽光灑滿的彼此的陰暗之中縮短了距離，先是半步，再進一步，接著兩步、三步，等到了第四步的時候，妳牽起了我的手，輕輕擁住我，用妳向來稍微有點性急的口吻，在無論風兒怎麼吹也掩蓋不過的我耳畔說，好了，你快點吧，把光從我的黑暗之中奪走。

我受到我之中的另一個我鼓舞，開始對妳訴說。我聽見了，是川水的聲音。細水涓涓、打上了河湍淺岩上冰冷的水、水邊濕潤的草的味道、松樹裡飄盪的松脂香、教堂的尖塔、黑亮的烏鴉、受傷的松鼠尾巴、群長在倒下樹幹上的香菇色彩、踏在腐土上的鹿蹄之輕、杯裡殘留了半杯的蘋果酒、早餐的雞蛋、撫摸著兔子下腹的手掌、發霉的橘子、失敗的白醬、甘甜的牛奶後勁。全部、全部，都從妳的記憶中傳了過來。一直把額頭抵著我脖子沉默的妳吸了一口氣後才說，我不知道耶，你說的那些我全都聽不懂，但也因此，我想我懂。我讓妳在沙發上坐下，自己也跟著坐在妳旁邊，伸出手沿著妳臉龐的輪廓描摹，在那兒捂上了天使之光，按下羽翼的快門。當光從黑暗中被奪走，收入暗箱的那一刻，不曾存在於任何地方的國度就此成為了僅只存在於這兒的國度。我想，妳我當都明白這點。

一直封印起來的那張照片我想要送給妳。在我裡頭的另一個我、見識過晝螢那個故事裡頭的我並無法看見照片，所以我想請求妳，以妳的語言為我——身為我分身的另一個我——描述照片裡頭有著怎麼樣的光、怎麼樣的影，然而妳卻說妳已經閉上了眼睛，進入暗箱之中，再也不打算出來了。這是何等的殘忍哪？不，我並無意怨妳，相反的，我只是不斷不斷以指尖輕輕撫過妳寄來的信。沒有凹凸的紙張上彷彿淡淡傳來了妳肌膚的味道。我請我姪女幫失去視力的我將妳寄來的長信化為聲音，她讀完了信之後，看著貌似茫然若失的我問道要喝點洋甘菊茶嗎？我點點頭，她便把信又折回去，收進了信封之中。接著她歪頭疑道，咦，這張郵票的圖案怎麼好像暈開了，不是印刷品嗎？

也好，也好，我心想。是假的也好，是虛構的郵票也罷，就算妳根本就不存在也毫無所謂。當時光過去，郵票的圖案淡了、消失了，今後我依然會想碰觸妳，想跟妳談談那張捕捉到了從妳頸子滲出來的光影相片——以依然沒人能夠理解的Ungeziefer 的語言。

多保重自己身體。

毛腳燕消失的清冷早晨——

第 3 封

我寫這封信，是爲了跟妳告別……。

……當然我知道妳絕不會跟任何人提起這封信，還有妳是從誰手上拿到這封信的，如果可以，我希望妳能回個信給我，若是今後我們能像這樣子繼續偷偷通信的話就太好了……。

我收到妳的回信了，謝謝妳，眞是太高興了……。

上一封信我忘了提醒妳，今後像這樣子給妳寫去的信，妳還是不要留在身邊吧，千萬不可以被任何人發現我寫信給妳的事。讀完了信後，妳就把信撕碎吧，就像我們以前在露台上把我從我媽的盒子裡偷偷拿走的那張紙處理掉一樣……。

這是安妮・法蘭克殘留在日記裡寫給真實存在過的某個人的兩封信。她與在猶太人中學裡的好友雅克利娜[3]約好了，如果哪一天不得不開始躲藏生活，一定要寫信與對方告別。安妮信守了承諾。只不過當雅克利娜收到這兩封信時，戰事已經結束，奧圖孤身從奧修維茲集中營生還，拿到已然變成遺物的女兒日記之後了。

也許安妮寫第一封信的時候正在思考，雖然不能透過一般的郵寄方式寄信，但有沒有可能仰賴援助者的幫忙把信送出去呢？她畢竟是個聰慧的孩子，並沒做出任何會讓安妮之家的躲藏者以及援助者陷入危險的行為，相反的，她假想自己已經收到了回信，在這種情況下又繼續寫了第二封信。

在對外隔絕的昏暗藏身之處中，靠想像中的魚雁往返把自己的聲音傳向外頭的這名少女是多麼強韌哪，尤其令現在這種情況的我感到動容，又怎麼可能從這樣一名少女的面前若無其事的走過呢？在她與牙醫師迪賽爾共用的那間窄憋的小房間

③ Jacqueline van Maarsen，1929～。

的角落，我停下了腳步，望著她面朝書桌的背影，一心只想靜聽她振筆疾書的聲音。

那張「從我媽的盒子裡偷偷拿走的紙」在多年後根據雅克利娜的說法，是一張寫了生理用品使用方式的說明書。法蘭克家有個露台，是可以背著父母大聊私密心事的好地方，兩名少女就躲在露台上肩並肩，盯緊了一張說明書，像在解讀一份寫了關於自己體內隱藏的祕密預言書一樣，我幾乎可以想像出她們兩人當時那模樣。

安妮是個什麼事情都喜歡主導的女孩子，但在關於身體上的知識，卻不如雅克利娜知道得多。也是雅克利娜告訴她小嬰兒才不是從胃囊裡頭拿出來的，雅克利娜直截了當的說：「成品當然是從原料被塞進去的地方拿出來的呀！」（一九四四年三月十八日，週六。）

自從與彼得共同嚐到了雖然短暫卻幸福的時光後，這個世界並沒有留給安妮什麼與其他人談情說愛的時間，最後安妮只短暫站到了預言書的入口便沒有機會再往前走下去。

我收到妳的回信了，謝謝妳。

我再度沉吟這個句子，知道每一個字每一個聲音都與自己內心同步鼓動了起來。雖然只用了非常平凡的字眼，卻在安妮與我、我與你之間，盪開了陣陣輕柔的漣漪，在湖面描出了纖細的模樣。

同時我也要把這一行字一字不改的轉送給你。我收到你的回信了，不管是真是假是虛或幻，所以請別掛心。另外，雖然不像你姪女那麼可愛，但我也有好好為我讀信的讀信人。只要招呼一聲，他們就會將槳掉頭，轉船划向湖畔。約瑟夫·康乃爾、羅伯特·庫特萊斯、魅影、鐘樓怪人加西莫多……，雖然看起來不太親切，但他們絕不是心情不好，只是性格比較害臊而已。他們讀信時，為了怕聽漏，我總是坐得太近了吧？而且湖畔的石頭每一顆都不平穩，只要一不留神，身子就顛顛晃晃，而每一次他們也總是貼心的用肩膀撐住我，並細心的讓光線拂照在閉起眼瞼的我身上。

就以康乃爾來說吧，他的聲音聽起來好像是輕輕把前世母親的照片收進自己手製的小木箱中。又譬如說庫特萊斯的聲音吧，好像是關在撲克牌般方方整整空間裡的夜晚靜靜降落的積雪。至於魅影或加西莫多，雖然因為戴著面具而且嘴歪導致聲音有點含混不清，偶爾聽不太懂他們到底在說什麼，但反而讓人憐惜，想多聽他們說一些。在漫長得令人難以想像的時光之中，他們孤自泛舟於湖上，而湖面上升的冷冽卻清澄的空氣也令他們反而沒有失去了聲音中的純淨。

我到現在還一直想，不曉得被撕得粉碎的安妮的信，還有那份預言書後來怎麼樣了？破碎的紙片乘著穿過露台上的風翻飛飄颺，在眼瞼底下的幽暗被晝螢的光照亮。細針般繫著的發光器之中放射出來的光芒不斷被翻飛的紙片彈濺開來，漫射四方，蘊生出了新光采，燦眼眩惑。要是伸手攫住了其中一張小碎片，把它妝點在母親的手指頭上，肯定會盈放出比寶石更燦眼的光華吧。你那被小松枝奪走的左眼，肯定也有過那樣特別的光華，讓你母親每次一瞥見了自己的手指頭，便陷入與兒子四眼相望的錯覺之中。只要有那光華，即使碎成了不能再碎的破信，即便是暈開的文字甚且以無能理解的語言所寫成的信，我也一定都能讀懂。

你當初寄給我的第一封信既然是封預言，我不記得內容當然也就沒什麼好稀奇了。這樣想不覺便安心了下來。「未來」之於我是最最難以理解的存在，當初最早把這個詞放進字典裡的那個人，我只有對對方抱持崇敬。假使今天未來被「碰！」的一聲擺到了我眼前，我恐怕會完全手足無措，不曉得該對它怎麼辦吧。到底是該把它抱起來？摸摸它的背？撕開它的皮，將裡頭用力踩個碎爛？那種情況就像是一個沾滿泥巴的起爆器被扔在眼前一樣詭異、離奇又讓人不知道該怎麼辦。我是沒辦法做到把提把用力一拉那樣的舉動，頂多只能拿起花邊剪刀來縫出一隻像郵票上面的昆蟲一樣的玩偶，我頂多就只能做到這樣。

你信裡提到打字機的那段最是叫人懷念，我好久好久都沒想起你是個打字機迷這件事了。想起的同時，也清楚回憶起了按鍵的聲音。你就像要跟百分百是鉛筆派的我對抗一樣，在身邊同時擺了好幾台打字機，連隨便打個什麼也要用它們打。你帥氣的敲下鍵盤，宛如奏起了樂音，我是多麼喜愛聽見那聲音哪。

你上到二樓工作的房間，在打字機前坐下的時候，是否曾留意到，就在你正下方衣櫥裡我也搬進了一把椅子，窩在裡頭編織呢？你這個人一開始工作起來就會專心到令人畏懼的地步，肯定不曾注意到我人正在哪兒做些什麼吧？但我知道，清楚的知道，就在你衣服掛得整整齊齊的那僅容一個人縮身進去的小衣櫥裡，是我們家中最能清楚聽見打字機聲音的地方。

工作的房間與衣櫥，一樓與二樓。雖然隔得那麼遠，但光聽聲音我就能辨別你稿子進行得如何、情緒是快活或洩氣、大概還剩多少打字機色帶等等，無一不可判別。你敲下每一顆按鍵時的聲響差異、打得稍微快一點的時候就快要拌碰在一起的o與p它們的機械手臂稍微故障、一直都往右邊歪斜了一點點的K的模樣、扳動回車鍵時手的表情……，所有所有，一切一切。

按鍵的聲響，是你走向言語之森的足音。有時候輕快，有時候慎重，然而永遠都帶著深思熟慮穩穩將森林踏下。我配合那足音，耍動鉤針，長針、長針、短針、長長針，引拔針、中長針、三卷長針，鎖針、鎖針、長針三針玉編。打字機與鉤針完美諧動，足音與鼓動同時前進，就像是接縫處逐漸閉合起來一樣。偶爾穿插了告知換行時間點的鈴響或是捲入新紙的滾筒聲，就像是小鳥輕啼或者野兔匆匆奔離的氣息，成為絕佳的適時點綴，讓人怎樣也不會覺得無聊。

衣櫥裡飄滿了你的味道。你的西裝遮住了我的視野，襯衫袖口摩挲了我脖子，我要把毛線從毛線團裡拉出來的時候，手肘總會碰到你的領帶，害它們晃動，感覺就好像是我整個人都被關進了你眼球之中。從門縫裡透入的光線是那麼薄弱無依，我腳下全被籠罩在一片昏暗中。但你別擔心，我很會編織，你別怕我會把針目搞錯，不然即使是眼睛閉上的現在，我也可以為你編出一件恰恰好適合你肩寬的毛衣唷。

真正令我擔心的並不是針目，而是你。打字機一直響一直響，毫不停歇，你不斷往前走，然而密林那麼幽深，不見盡頭，你究竟要走到哪裡去呢？疑問恍然從黑暗中竄出，但我感覺一旦化為了語言，一切就要毀滅了。然而究竟會毀了什麼我也不知道，只能閉緊雙唇，將注意力拚命集中在鉤針與毛線上。

要是你回不來了該怎麼辦呢？我一個勁不斷用鉤針挑起毛線，原本蓬蓬的毛線團不知何時已成了虛拋拋的一圈。我想你桌上肯定已經疊著一疊厚厚的原稿吧，連一個字也無須更動的完美原稿。你是這麼樣一個思慮周全的人哪，打字機的色帶想必還剩下很多。

言語的森林是無垠無邊的嗎？打字機的按鍵一直響個沒停，但那還是不能帶你到達邊境嗎？真難以想像。明明按鍵就那麼些個，被圈在一個雙手便能圍起的打字機中，為什麼從那裡可以開啟前往無垠森林的旅途呢？

要是鉛筆的話我就懂。我所愛的鉛筆是自由的，雖只是一根細長的棍子，卻只要把它前頭削好削尖，它就會像魔杖一樣恣肆奔放帶領我到任何森林深處我想望的地方。而且打字機狡猾處在於它不會留下任何打字者的足跡，尤其像你這樣十指均衡用力的熟練者，總會把自己的存在隱藏進機械本身的脾性裡，任憑我怎麼睜大了眼睛在森林裡頭盯著地上遊走徬徨，也找不著你鞋子的痕跡，跟會把我指尖的證據老老實實反映出來的鉛筆相反，我永遠會被你這個人看破。

忽然發現怎麼我編的毛線都垂在了地上，一沒留神，已經編了老長。我把它拾起，就著隱約的光線細看，才發現怎麼浮上了我沒預想的模樣。那是我從沒在任何毛衣或圍巾上看過的好像有規則又沒規則，似乎浮現了花卉或動物、數字的模樣，可是仔細看，又好像沒有。看似脫落、實則連結，看似細巧，其實帶著癲狂。

我一個揮手把它扔開。我明明是照著織圖記號編的，怎麼會編成了這樣？真想不通。難道說這其實是一份預告了我這人將來的某種預言書嗎？只要把某個隱藏在其中的針目一拉，所有的暗號便會唏哩嘩啦全部解開，現出預告我這人將來的文字？

鉤針、成品跟毛線團都靜靜憋著氣，蜷窩在我腳邊，感覺就像那個在廢礦山等待你的起爆器一樣。在這之間，你的打字機依然喀喀作響，從沒停過。

關於花邊剪刀那件事，你似乎賭輸了呢，又或者你贏了呢？不管如何，我是絕不會把我的眼皮用花邊剪刀剪掉的。如果真要把它裁下，還不如用你所打出的那些打字機的黑點鍵吧。沿著包起了眼球的骨骼邊緣，在眼皮上打下連續而悠緩的黑點線。至於要用哪個機種、哪種材質的黑點鍵，就由你來決定吧。沒有人比你更擅長用黑點鍵打出裁切線了。

不過撕下眼皮的觸感應該跟撕開郵票時那種嗶吱嗶吱令人愉悅的感受很不一

樣吧。沾上了淚水，濕答答的，而且郵票很有種即將啟程前往某個未知遠方的昂揚風發，但眼皮一旦撕下，那一刻便已終結。雖然剛撕下的時候可能還暈著淡淡的粉紅，柔軟得像是雙胞胎小矮人所躺的眠床一樣，但那不過只是剎那的美好，很快它就變得黑烏烏軟塌塌，沒有半點彈性，連睫毛也掉了，發出噁心的臭味，完全沒有人能想得起它還是眼皮時的風采。

又或者，你也可以把黑點鍵打在我舌根上。舌頭比較厚，可能黑點的尺寸也要跟著大上一倍才行？或者是乾脆強而有力的打出一長串小黑點呢？搞不好這樣反而更容易把它切下？我不免好奇了起來。

我的舌頭沒什麼作用，要是你能用打字機幫我切下來，我反而會很高興。我可以自己閉上眼皮，可是舌頭就沒有那麼簡單了。我連 Ungeziefer 還什麼的複雜發音都發不出來，更別說是理解 Ungeziefer 所說的語言了。既然如此，還不如乾脆讓我失去舌頭吧，不會說話反而比較容易打迷糊仗。像我這樣舌頭笨的人，到底有多被自己的笨舌頭給困擾，你這種連不懂的語言所寫成的書籍都能長期捧讀無礙的人，恐怕很難想像吧。

不過我有件事想請你費神。我想你應該也注意到了，打下黑點鍵時，如果右手的無名指角度超出了某個數值，機械手臂的槓桿部分便會發出無謂的咿軋聲。那聲音總會讓我心慌，那是蒼勁的松樹枝彈開時的聲音。

閱讀一本用自己不懂的語言所寫的書，究竟是種什麼感覺呢？我是既佩服又嚮往，不免心往神馳了起來。沒有終點的讀書，聽起來多麼神祕的一句話。

但我還是擔心，在沒有盡頭的語言密林裡，磁鐵是否還能發揮功用呢？你有沒有誤觸什麼毒草而讓手腫起來？會不會因為那太暗的夜而止步不前，陷入失去了眼球的錯覺之中？讓人操心的事情一樁又一樁浮上心頭，要是能給你送去個幫忙照看的人，我就能多少安心一些……譬如說，亨利．梭羅那樣子的人？

湖上的子民裡，沒有人比他更合適擔下這份任務了。他可是耗費了一生，都在試圖讀取大自然的語言所寫就的沒有完結篇的森林物語的人哪。要是能由他來擔任你的守護天使，我不知道會有多安心。他一定能以無人能敵的堅忍，豎耳傾聽Ungeziefer 的無言，而且他也非常擅長划盪水黽的小舟。

其實我一開始會注意到這個人，並不是因為他是位森林思想家，而是因為他是鉛筆製造商的兒子。我是一次偶然間不曉得為什麼意外得知他父親原來是鉛筆製造業裡草創者般的存在，那時候，我還是個比安妮獲贈日記本時更小的小女孩呢。當然也就完全不懂任何梭羅所提倡的思想，只隱約覺得他是個獨自住在森林裡頭一間小木屋的中年男子。

即使如此，梭羅削細的筆芯還是筆直射穿了我胸口。真不愧是鉛筆製造商的兒子，梭羅削的筆芯，尖銳而亮著黑光。

有哪個小孩子沒夢想過自己家就是開玩具店或者零食店的呢？我那時候是第

一次發現，要是家裡開鉛筆工廠的話會有多誘人。你試著想想嘛，要是自己家裡頭的後面就是工廠，整個後院都擺滿了剛做出來、還沒有被任何人的手溫沾染過的裝滿鉛筆的盒子。拿起來有點沉，裡頭密密麻麻的沒有半點縫隙，可是一拿起來便會發出喀喀的有點訥訥的聲音。剛被打造成六角柱體的鉛筆上，還模模糊糊留著原本還是樹木時候的身影，漂著森林的氣味。一把臉湊近它們，閉上眼睛，便會傳來裡頭貫穿的鉛的氣息……。

而這樣的鉛筆，你什麼時候想用了，全都隨心所欲隨便你用。H、HB、2B、3B，任君挑選，反正全是從輸送帶的另一頭像湧泉一樣源源不絕的湧出來的，有什麼好顧慮的呢？稍微拿走一兩枝也沒人會說什麼。我環顧後院，展現出符合一位鉛筆女王應該有的威嚴，心滿意足的點頭聲——

「辛苦了。」

大家全都乖巧的排好隊。沒有任何一枝鉛筆排成了反方向，也沒有任何一枝伸出盒子外頭。畫圓，一圈又一圈。拉出筆直線條。記錄。塗黑。寫信。從那單純而細長的外貌上根本看不出來擁有那樣能隨心所欲駕馭空白空間的能力，而它也沒展露半點那樣的神氣，只是一直靜靜等待，等待被握在某個人的手中。它隨時做好了準備，只要一被需求，便能立刻把隱藏在筆芯裡的本質完全展露。

聽說梭羅根本不用一枝枝數，只要一伸出手，就能一把抓起剛好是十二枝的鉛筆。這個傳聞讓當年還是少女的我感受到一種成年人的帥氣，很快的也跟著模仿。一次要拿到好幾十枝新鉛筆並不容易，所以我把變短的鉛筆留下來，慢慢存起，甚至還跑到了學校的焚化爐裡去搜刮，將找來的舊鉛筆一一塞進年輪蛋糕的空紙箱中。我那些鉛筆雖然不能跟梭羅工廠剛做好的那些等著出貨的成品相比，但至少樣貌都還不錯，我像個女王挺直腰桿，閉起眼睛，把手伸進了紙箱。有長有短的鉛筆伸往不同的方向，有些筆尖分岔，有些筆芯斷裂，摸起來很不舒服，也沒辦法一次就順利的一把抓進手心裡。但即便如此，在我閉起的眼皮內側依舊浮現了完美整隊的鉛筆們，我什麼也不用擔心。從那時起，可以說，我就已經無意識懂得怎麼樣善用眼皮內側的空間了。

嗯哼，是時候了。我一邊唸唸有詞「一打、一打」，接著在某一刻握起拳頭，慎重其事的打開眼皮與手心，一枝一枝數了起來。

不曉得為什麼，我總是會多拿。手心裡通常會有十三枝或十四枝，很少碰到少拿的時候，更少碰到剛剛好抓起一打的情況。我的手應該比梭羅的小，怎麼會這樣呢？難道是我這人太貪心了嗎？也許這是梭羅為了測試貪心程度而設計出來的小測驗？我手中抓著過多的鉛筆這樣納罕。

冷靜的手。只不過是指尖碰到，便能每一次每一次都一把抓起整整十二枝鉛筆。比人類製造的測量儀器更為精準，讀取得出神所規定的刻度。在幽闇的森林深處，能夠對著被密林覆蓋的天空為你指出北極星方向的便是擁有這樣一雙手的人哪。

每一次我會把多拿出來的一兩枝鉛筆放回年輪蛋糕空箱裡，可是到底該放回哪一枝呢，每一次對我來說都是很難的抉擇，明明不管是哪一枝也沒什麼所謂，但我感覺好像要把一個你並不怨恨的人給切割掉，又或是捨掉自己的某一部分一樣難受。超出一打的那個部分，又再度被放回了原先的地方。墜落。叩！細微的聲響。箱子裡混合了樹木、鉛與奶油的奇特味道。

最近因為感覺耳朵裡頭有水，加上預感多少可能會痛，於是追加了藥量。聽說這是一直閉上眼睛的人常有的症狀，所以沒什麼好擔心的。體內有水的氣息，這種感覺其實還不壞，就好像是聽見了船頭划向水岸時的水聲，很舒服。

職業棒球賽總算開幕了。最近我每天晚上都收聽著收音機的夜間球賽轉播，實在不是嘮叨自己耳朵怎樣怎樣的時候。

「我一輩子都不可能隨著棒球比賽的結果心情上下起伏。」

你是什麼時候說過這樣一句話呢？你自己恐怕也忘了吧，但我記得很清楚。你那時候也不是要挖苦我，也不是受不了的口氣，只是隨口說說，但我如果現在老實講的話，其實當時候聽了很受傷。該怎麼說，就像是鉛筆被扔進了年輪蛋糕空箱時的心情吧？

當我面臨要不要繼續閉上眼睛的抉擇時期，最叫我猶豫不決的一個主要因素就是我會再也看不了棒球賽。直要叫人錯以為是獻給大地舞蹈般的雙殺，像滑過了鑽石切割刀刃般滑順的外野回傳，朝投手丘走去的先發投手的釘鞋痕跡，止滑袋中飄出的白粉，全壘打完全看不出足以顛覆一切的優雅，然而卻具有戲劇性的拋物線。再也不能看見這些，對我來說無異是拋棄了人生中一部分的喜悅。

不過也正如這世上大部分情況一樣，到頭來，棒球的問題也沒我想的那麼難受。是啊，有收音機就夠了。而且聽收音機很專心，反而比在球場上邊吃便當邊看球賽更有臨場感，甚至還會感覺棒球好像變成了一種專屬於自己的特別運動，令人品嚐到一份新鮮的喜悅。

收音機就放在我床畔靠近耳邊的地方。可能因為是舊式的，會有雜音，可是那也是包圍著球場的各種嘰嘰喳喳之一，我一點也不介意。在眼皮底的幽暗之中，棒球與球棒的白被襯托得更為顯明了。實況轉播的聲音充滿了活力，戰歌輕快踏響了節奏，發揮出帶動賽事緊繃感的重要作用。

夜空幽玄得沒有盡頭，彷彿被打得再高再遠的球它都能接住一樣。在那夜空當中，有九個點連成了一個星座。每打出一球，星座便微妙的變化形狀，在黑幽之中留下優美的線條。偶爾有些時候，有白光穿破其間，這時候九顆星子便會忽然閃得更亮，連動出了新圖樣，接著再變化回原來的星座模樣。任何震動夜空的聲響，儘管再微渺也逃不過我耳朵。籠罩住球場的觀眾喧囂是一陣陣漂向湖畔的波浪，而釘鞋踢起的土壤塵埃則是船槳答答滴落的水滴。白光綻蹦時的那一瞬間，那個聲響，穿透了湖面，恍如在水中剔透閃耀一般，清澄無比。

一聊起棒球我就不小心變得太起勁，忘了你會無聊了。我原本要聊些你幫我拍的照片的事。是啊，沒錯，我當然還記得。你從還能眨眼的我身上，像只把光一把攫走一樣的幫我拍了的人像照。是時候告訴你，照片中的我看起來是什麼樣子了。

但是怎麼回事呢？起風了。一局上半結束後，大雨停賽。這樣的發展雖然終於避了過去，但好像有什麼人壞心眼一樣，颳在球場正上方的狂風愈捲愈強了，外野的草皮騷騷鬧鬧，布旗捲上了旗杆，止滑粉袋中的粉塵忽忽悠悠的飄向了天空中倏然消失。

你聽得見我的聲音嗎？我該朝哪個方向發聲呢？太暗了，我根本看不清楚。梭羅的手指究竟指向了何方？全壘打高高打上了天際，三壘手與游擊手還有捕手全都去追球了。星座變化了形狀。舉起手套，一直迎向被風吹晃的球的身影也很不安。球還沒有落地呢，還被吸進風裡，所有人全都抬頭盯緊那片黑暗。

不好意思，請多見諒。

寫於看不見北極星微熱的夜——

第 4 封

拿著妳寄來的回信，剛讀完第一句，還以為我們兩人的魚雁往返就要這樣結束了。講誇張一點，我感覺整個世界的空氣好像都不夠了一樣的絕望。「我寫這封信，是為了跟你告別……。」這是引用自《安妮的日記》中的話吧。其實想一下她曾面臨過的命運，或許書寫這件事對她來說，正是一件必須一直展現出離別之情的事情。總之，謝謝妳給我回信。

不過我真沒想到，我面朝書桌的時候，妳居然把自己關進樓下的衣櫥裡。在那個長方體內部，聲音既不會渾濁也不會被屏翳，共鳴聲在起了箱體振動作用往外擴散的同時，也會從小鑰匙孔中流洩出去，因為那是我特別請熟識的木工師傅以製作小提琴或鋼琴的共鳴板所用的一種特別的雲杉製作的。聽說那種只在標高大約一千公尺的山林中生長的高樹在謹慎的砍伐下來後，還得乾燥個好幾年才能使用。那位木工師傅家代代都是從砍伐階段就開始參與，所以他們看待木材的眼光，其實與那些打造出古老木建築的建築師傅是一樣的。

不過生長在同樣地區的樹木，也不是每棵都是一樣脾性，也會因為日照條件的不同而產生些許特質上的差異。木工師傅會看清每棵樹的特質，在它們還是樹木的時候，就看好了。嗯，側板可以用這邊來做、天板跟底板用這裡、背板用那邊，像這樣，把不同特質的木材湊在一起，讓它們負負得正，保持完美的水平與垂直去製作的話，就能得到跟由工藝名師製作的樂器同等的機能。掛在衣櫥裡頭的襯衫、褲子與夾克在這情況下，則發揮了吸音材的功能，又加進了妳的身體，肯定加乘出了更棒的效果。

而且妳不但把自己關進去，甚至居然還在裡頭編織，配合聲音使動鉤針？知道妳這麼做之後，我總算恍然大悟了。從前每當我在敲下打字機鍵盤時，總會被一種難以言喻的不安給侵襲，人家說心裡惶惶然的沒有底，大概說的就是那種感覺吧。文字一逕的連綿而去，愈連綿周遭的晦暗愈深，體溫逐漸探低，指尖逐漸不聽使喚。明明文字不斷的冒出來，指尖卻無法順利傳達給紙張，再那樣下去，文字將在我體內飽和，以不正確的方式溢出體外。不知有多少次，我被這樣的恐懼襲擊，但總是撐著撐著也就那麼撐了過來，只是到底是怎麼撐過來的，其中機巧我從不明白，原來是妳的力量將被拋出了無重力空間的我好好繫住，配合了按鍵節奏，幫我調勻了呼息。

其實想想，打字機上打出活字的機械手臂跟編織用的鉤針還有點像呢，難怪當年製造縫紉機的公司會同時製造打字機了，就是因為兩者間有些共通性吧？或許就某種層面上來說，按鍵聲與編織節奏同步，在闃茫茫的空間中也能正確舞動鉤針是極其自然的情況。我最常用的那種機型，在右手守備範圍內的 o 跟 p 按下時會有一些細微的聲響差異，沒想到妳也注意到了，而妳依然能用妳的鉤針把聽見的聲音幾乎毫無時差的打回來。衣櫥不但是個樂器，它同時也是將漂浮在虛空中的文字用織線這道救生繩給好好繫住的母船。我曾想過有天一定要讓妳讀的我那寫個沒完的冗長的敘事詩，如今想來，算是我倆在彼此都沒有意識到的情況下，所共同完成的作品吧？不是一同逃難的方舟，而是各自都得忍耐孤寂的母船與登陸艦。之所以沒有在宇宙之中被奪走氧氣而一直存活下來，這都要感謝救生繩織線的存在啊。

即便不是在宇宙中，而是在森林裡也一樣。按鍵所奏響的聲音總是先於意義而存在。在形成語言之前，先有表音文字；文字之前，先有聲響。若不仰賴那聲音穿越森林，恐怕無從到達你所在的湖泊。如果有像亨利·梭羅那樣子的人幫忙引路的話當然心底的確會安一些，畢竟就算打字機臨時故障了，也能跟他借枝他曾參與過改良作業的鉛筆來應應急。

說到這，妳所珍愛的安妮·法蘭克以她自身的行為所展現的「自己回信給自己」的這項作法，在她從這世上消失之後，反而更讓人逐漸感到這行為的恐怖之處。連結在她當年躲藏的那棟王子運河街263號的事務所與後方「後宅」之間的旋轉書櫃，雖然不曉得是用什麼材質做的，但肯定不會是能發出美好聲響的共鳴板吧。那門是為了讓聲音消除的機關，而安妮的聲音，則是為了在歷經長久的沉默之後鳴放而被關起。我所想望的，或許不是上了鎖的日記，而是像被擺在那個書櫃上當成障眼法用的文書夾中所書寫的，蓄藏於危險水域的文字也說不定。

*

幾天前，我正把船運送來的來自遙遠異國的短則慢上數月，長則慢上數年的潮溼舊報紙晾乾時，看見了一則新聞。待在國際太空站的俄羅斯太空人根納季・帕達爾卡[4]，於五次太空任務中，停留太空的時間已經達到八百七十九天，大幅領先了原先的長年紀錄保持人謝爾蓋・克里卡列夫[5]八百零三天的紀錄。那是二〇一五年九月的新聞。當然，帕達爾卡的成績很是卓越，但吸引我目光的卻是被破了紀錄的克里卡列夫。

真是個好讓人懷念的名字哪。不曉得我有沒有記錯，我記得以前也曾在寫給妳的信中提過這件事。

克里卡列夫第二次出太空任務是在一九九一年的春天。那年的五月十九日，他以聯盟 TM-12 成員身分出發前往和平號太空站，同行的還有一名年輕的英國女子海倫·沙曼⑥。我當時從收音機中聽到新聞時，新聞把沙曼發音成了夏爾曼（Charmant），我心底還戲謔的想，既然是女性，不是應該叫做夏爾曼特⑦嗎？之後讀報發現上頭寫的是 Sharman。要是 Shaman 的話，就變成了薩滿的巫師了。

克里卡列夫與沙曼，還有船長阿納托利·阿爾采巴爾斯基⑧三人平安無事抵

④ Gennady Ivanovich Padalka，1958～。
⑤ Sergei Konstantinovich Krikalev，1958～。
⑥ Helen Patricia Sharman，1963～，英國化學家。
⑦ 法語詞性中的陰性會於語尾加 te，在此成為 Charmante。
⑧ Anatoly Pavlovich Artsebarsky，1956～。

達了宇宙之後，在和平號太空站進行了好幾個實驗。沙曼在一個星期後回到地球，剩下的兩人原本也預計於三個月之後回來，但宇宙開發計畫突然被重新規劃，還不知道下一梯次的太空人什麼時候會出發，結果克里卡列夫直到一九九二年三月二十五日為止一直住在和平號太空站。這消息，我是在一份從郊外巴士起點站的小賣部買來的油墨味很濃的晚報上看到的。塞在車龍裡，遲遲不動的巴士車窗外頭是一片死寂闃黑的墓園，與前後道路上串成了長龍的橘色車燈形成了強烈對比。原本是每天晚上回家路上見慣了的這幅景象，在我讀到那報導時忽然一變，車內燈光全部關上的客滿巴士忽然變成了一艘孤獨的太空船。要是我小心下了車，就永遠再也不能回家了，我到現在還記得當時被那種惶慌所襲擊。

在那之前的前一年八月，舊蘇聯發生政變，這也是聯盟號太空計劃之所以會受到更動的原因。一個巨大的國家正在動搖，世界地圖很可能瞬間就被改寫。當時媒體目光焦點全集中在了歐亞大陸的國家上，我也很緊張一直追著收音機跟報上所有關於當時首長被軟禁的那幾天的局勢動態。後來眾所皆知，政變以失敗告終，一個巨大國家也因此忽然垮台。然而在那樣的時刻，沒有人留意到一艘漂浮於平流層外頭的太空船怎麼樣了。在政變發生的三個月前，與船長阿爾采巴爾斯基一同以蘇聯太空人身分飛向宇宙的克里卡列夫，便如此在沒有國境也不屬於任何場所的地方，見證祖國滅亡。

克里卡列夫的故鄉列寧格勒也被改名成了聖彼得堡。桃太郎跟魯賓遜的故事裡，雖然出現了大海，但至少腳還碰得著地，克里卡列夫卻是漂浮在離地表四百公里的虛空中。那感覺，就好像是寫給自己的信又被當成了收信者不詳一樣退了回來，完全是前所未聞的破天荒狀況。在沒有上也沒有下，重力不過只是虛構的世界裡，沒有行動的參考軸。在那樣的世界裡，是不是連文字也都失去了重量？還是說，在沒有重力的世界裡，文字反而更重了呢？

至今為止，不知有多少次我無法從妳寄來的信裡感受到一絲輕重。信上有妳的字，字裡有妳的味道、妳的溫度，然而我卻無法感受到信件本身的重量，不知到底為什麼。只要待在這地球上的存在，沒有任何能夠消抹掉重力，就連在天空翱翔的鳥兒也無法達成這種奇蹟。鳥兒是抵抗重力飛翔的，牠們迎風而去、破風而飛，所有存在都無法打破重力概念就只是單純漂浮。然而妳的信，妳的字不知為什麼好像只是冰涼涼的懸浮在眼前一樣。是啊！沒錯，就好像從誕生以來從不知重力為何物的天使一樣。我是否真的聽見了妳的聲音？會不會我跟妳共同生活過的那個家，其實早已在不知何時被劃入了別的國家、別的城區，我們再也到達不了了，為了隱瞞這個事實而做出了無比逼真的全像投影而已呢？

為了捕捉來自宇宙的訊息，必須要有非常巨大的衛星接收器。如果耳朵能像那種接收器一樣精確，不曉得生活會變得多豐富。不為了在城鎮的雜沓中聽見別人的說話聲，也不是為了竊聽方便，只是想僅可能的正確捕捉到那些身體裡頭聽得見的細微聲響、話聲與透過骨頭傳來的微渺震動而已。忘了什麼時候，我們曾討論過瓶中信的事。裝著不知何時來自哪個年代、文字的綠色瓶子，像漂流到海邊的椰子殼一樣，在海上載浮載沉後終於漂流到了遙遠異國的海濱。風平浪靜的日子它不動，狂風暴雨時它忍受巨浪的破壞力，忍過毒辣的太陽、忍過寒凍的冷空氣後終於抵達的這些瓶子，我想知道有沒有什麼辦法可以追蹤它們的足跡。但妳笑著說，就是不知道它們現在在哪裡才好呢，萬一被鯨魚吞進肚子了怎麼辦？萬一被捲入了油輪的螺旋推進器裡怎麼辦？能夠一關關度過這些令人擔心的突發狀況與苦難的文字，肯定具有能抵抗重力的能力，而且既然都平安抵達了，就表示它們一定是正正確確浮出來的文字。只要知道流放的場所與日子、知道收到的場所與日子、知道流放與收取者的名字，就已經足夠了，剩下的，就在各自的腦海裡補足吧。

像我們這樣的來往，或許也是一種超越了時空的瓶中信奇蹟，不是嗎？因為妳想想，妳的心湖上也沒有潮水流動，除非瓶子本身有什麼特別動力，否則只能夠等待風，只能靜靜漂淌在妳那如鏡的心湖上。而要能漂到妳所住的岸邊，機率恐怕比裝載了各式各樣訊息鈦容器的凌日系外行星搜尋衛星能夠抵達地球外生物的地方更為渺茫。請妳別誤會，我可不是說妳是地球外生物，我只是說，我對於文字竟然能夠送達的這份原初般的奇蹟很震撼。安妮．法蘭克是個很勇敢的人，有勇氣持續將裝著信的瓶子——或許是為了記載文字而存在的墨水瓶——丟進心湖裡。我沒辦法像她那樣，但我亦不願去想，自己將自己丟出的瓶子撿回來是一種怎樣空虛的自我完結的行為。我們並不只是為了安慰自己而寫著沒人願讀的話語。那些被裝入瓶子裡的語言，在被拾起之前，其實早已被時光讀取過了。而一旦曾被時光讀取，我們便能將之當成全新的文字與語彙再度接受。

＊

對了，妳耳朵深處積水的症狀好一點了沒？妳說會痛，我有點擔心。如果只是會有波浪聲的話還沒關係，但如果會痛之外還感覺有隱微的耳壓，就去看一下信得過的醫生吧。如果不介意去看我之中的另一個我在晝螢事件時看過的那位醫生，我立刻就幫妳寫封介紹信。那位醫生不用X光片也不用電腦斷層，只靠觸診與聽診來找出疼痛源頭，所以不會給身體造成負擔。

醫生年輕時以不帶潛水器材，自由潛入水深幾百公尺、透明度極高的淡水湖底的作風聞名。他對於內耳異常與臟器問題都有一套他獨特的療法，有件事只能在這兒跟妳說，一九九一年，原本計畫要在克里卡列夫之後送上和平號太空站的那幾名主要的太空人替補成員，因為在模擬宇宙空間的訓練池受訓時發生了健康失調情況，就是被送去醫生那兒復健的。呼吸時，感覺肺好像被壓垮了一樣，氣管緊縮，耳膜變得像鋁箔般，聲音聽起來像金屬質地，耳朵流出了過油的水滴等等症狀，都是人待在深海之後會出現的狀況。人類史上首位自由潛水進入數百公尺水底的賈克・馬攸⑨就曾說，人在水壓非常深的深海裡時，一旦超出某個閥值，人就會變得像鯨魚或海豚那樣，血液集中往維持生命機能的腦、心臟與肺臟這些主要器官附近。這種現象稱為血液轉移，醫生說他也體驗過好幾次。

沒有重量的語言——在重力概念不過只是虛構的空間裡所用的語言，以及像這樣，承受得了身體中的血液集中往必要部位，耐得住強烈水壓的語言，究竟該選擇哪一種才好呢？那些來找醫生幫忙的太空人個個都陷入了發音困難的苦境，他們說，當要開口時，瞬間聲音便被外界壓力給壓垮了，成為沉默的球。這樣的話根本沒辦法跟地球通訊。只要症狀還在，就不可能執行任務。其實我在書房裡面朝著打字機一直打時，困擾我的正是與他們完全相同的症狀。人被包圍在黑暗底頭，聲音被奪走了，陷入了四肢麻痺的缺氧狀況中，到底還能怎麼辦？最後我想到了，既然不能仰賴語言，只能仰賴聲音了。既然不可能吐出一個又一個具有意義的詞彙，不如把它們拆解，以一個個零碎的聲音送出？

也就是說，我在自己也沒意識到之間透過了打字機按鍵，向關在共鳴板衣櫥中的妳送出了摩斯密碼。原本按照 QWERTY 排列的打字機鍵盤就是設計來給摩斯電報員用的，所以打字聲被轉換為電報聲其實並不奇怪。當然妳可能會說，噯呀，你的壞習慣又開始了。上一次我不是在信裡提到唐納・埃文斯那些郵票邊邊撕下來時的齒嗎？有機會，我也想用特別訂製的機型在妳的眼瞼上打下那些齒孔線，在黑暗中，與妳面對面，輕輕將它撕下來，另外移植上一副高遮光性的完美眼瞼。不過還是別說這種讓人聽了頭暈的話吧。以前我跟妳提及愛用的打字機型時，提過好幾個牌子的名字，那時候我刻意說漏了一個，是舊東德機械廠商 Seidel & Naumann 在一九四一年生產的一個叫做 Erika 的牌子，5TAB 款型。分開排列於左右兩邊五個大小不同的按鍵之中，只有一個印了 TAB 的按鍵被做成了朱紅色，在鍵盤上產

⑨ Jacques Mayol，1927～2001，多項世界自由潛水紀錄保持者，亦為電影《碧海藍天》主角藍本。

生了無以言喻的色彩節奏。我當年買到這台打字機時，正好是克里卡列夫在外太空失去了蘇聯國籍，不曉得能不能拿到新國籍的那滯留於宇宙的十個月太空人期間，我在地球上舉辦的某個舊市集裡挖到的寶。那台打字機被放在一個漂亮的盒子裡保存得很好，也還收著維修用的清潔刷。由於是德語機型，排列順序當然是QWERTZ，所以用起來並不是很順手，不過我心中想著手中握著一把沙辭世的某位年輕詩人，一邊在白紙上不斷打下了羅馬拼音日記一樣的敘事詩，心想晚點再來慢慢解讀，把它轉換成表意文字就好了。

妳說過，「我不會問你到底在寫什麼、創作些什麼樣的故事，你應該也覺得這樣比較好吧？畢竟連你自己也不曉得文字究竟會從哪兒降臨」。真是的，一切都被妳看穿了，但我其實也曾期望妳能問個一言兩語，問我究竟在寫些什麼。若有那一言兩語，我撞牆的思緒肯定就有力量再往前一步吧。

對著鍵盤盲打時，有時候會被一種絕望給襲擊，轉而眺望妳依照自我意志隔絕掉的窗外風景。我望著穿過樹林映照於湖面上的夕陽，想像看不見的小船輕溜溜的划過，不起一點波瀾，幻想若能寫出像那樣輕巧往旁滑過一般的文字不知該有多美妙，無關乎文字輕重。再這樣下去，我就要沉入水底了，心臟就要在真空的晦暗中被壓垮了，既然如此，至少在聲音形成文字之前把它正確傳遞出去吧。找個時候，把寫好的敘事詩裝瓶，綁上沉沉石頭就那麼將它沉入湖底去。之所以會想到這些亂七八糟的事，也許跟在船塢旁的咖啡店裡聽見了一個長眠於湖底的古老村落的存在有關。可是就像興建水庫時被犧牲掉的村子一樣，記憶的一切要被封印起來也是不可能的事，畢竟記憶的粒子比微中子還小，足以穿透所有一切的牆。

應該要把永遠也寫不完的創作一部分用鉛筆寫下來留住的。我並不是沒有過這樣的後悔，但這也無可奈何。我曾請人把 Erika 的按鍵調整到每一個鍵在打字時都能均一使力的完美程度，但有一次左手無名指受傷了，好幾個星期沒辦法順利敲打 QWE 那一邊的按鍵，而按鍵的聲音一旦參差不齊，文字的質地也就壞了。我好急啊。一邊想著妳、望著風景，一邊確認打出了一半的文字。就這樣重複又重複之間，忽然意識到了一項事實，就是我並不是在打出摩斯密碼，反而是在接受摩斯密碼。耳內深處一直聽得見一點點微渺的聲響，一開始我以為那是機械的反響或是過度集中而導致的幻聽，然而毫無疑問，那是訊號。我所做的，不過是把接收到的訊號輸出打成語言而已。從所有一切訊號中，篩選出身體所想要的，這難道不就是書寫作業嗎？接下來，只要那訊號能一直將漂游在連浮力概念也不存在的空間中的天使話語傳送給我，我應當就能繼續寫下去吧。讓我產生這樣確信的，正是Erika。

還有一件事我得補充。當年安妮的父親奧圖．法蘭克將自己女兒的荷蘭文日記謄寫成德文時，用的正是這個機種。有一次，我在圖書館裡不經意翻開了安妮．法蘭克展的圖鑑，正好在裡頭看見了這台打字機的精美彩色照片，愣得我都快忘了呼吸了。朱紅色TAB鍵、切換大寫用的黑色切換鍵、裝填色帶處標示了S&N以及標誌的外殼——跟我在妳衣櫥上方用的是完全相同的機型。法蘭克家人搬進「後宅」是在一九四二年七月，所以奧圖是什麼時候擁有了那台打字機呢？是買全新的嗎？還是戰後在以藏身於後宅之中的八個人裡頭唯一生還者的身分回到阿姆斯特丹之後才買的呢？從照片上來看，打字機狀況很好，我猜想應該是買全新的吧？可惜這種小事如今無從查起。不管是哪一種，他都不可能在須得壓低音量的祕密住處使用打字機，所以就算是之前買了放在事務所裡保管，肯定也有好幾年都一直處於休眠狀態。

《安妮的日記》一開始似乎是先出了荷蘭文版，接著是法文版，然後是德文版。我聽說奧圖之所以會把原稿整理成德文版，是為了要讓自己的母親讀。也就是說，那本書在這世上最早的譯本是由安妮父親所譯的私家德文版。奧圖在晚了好幾年之後，聽取已不在人世的女兒的聲音、解讀女兒所留下的文字。但我總不由得覺得，他所聽見的應該不只是安妮一個人的聲音，他聽見的，是跟那失去了在地表上立身之處的舊蘇聯太空人腦內所響起的同樣種類、不特定多數者的聲音吧。

克里卡列夫他們在「腳底」這種表現無法成立的空間裡，依然試圖打造心靈可以立足的腳下。他們虛設了上與下，而做為座標軸的，則是黑暗中近得令人驚訝的輕輕漂浮著的地球。對於奧圖來說，安妮的日記難道不像是一艘不能立刻回來的祕藏了地球重力的母船嗎？當年救出那本日記的婦人原本打算等日記的主人回來後就要把日記歸還，因此從來沒有打開來看過，在那個情況下，婦人可以說是擔起了拋擲瓶中信的任務，而把傳送到的訊息加以解讀並賦予意義的則是奧圖。那時候，發出了慟哭的摩斯訊號的是5TAB。當時可能也有用鉛筆寫些草稿或是簡單的筆記吧，那時候那上頭刻的，或許不是森林引路人的公司J・梭羅&Co的標誌，而是奧佩克塔公司的名字呢。

那真的很恐怖。只有一個人被扔出了語言尚未形成意義之前的黑暗之中。我當時不明白，對於寫著點什麼的人而言，那是別無選擇的唯一道路。至今為止建立起來的太空探測史中，從沒有太空人於進行艙外活動時在虛空中消失。有太空人揹著特殊的移動工具於不使用牽引繩的狀況下進行太空漫遊成功，但完全被放出了艙外的只有電影中的角色而已。當時妳在衣櫥裡頭時居然沒讀西洋棋棋譜，而是編織，那真的是奇蹟了。要是沒有妳那織線的救生繩與來自於妳的訊號，我恐怕會完全迷失地球方向，就算我能找到並試圖回返，恐怕也會在再度突破大氣層時失敗，步上與被載上史潑尼克二號的那隻母犬一樣的命運吧。

*

妳說妳用感受得到水的氣息的耳朵，透過了收音機享受妳熱愛的棒球。對妳來說，愉悅的季節已經開始了呢。不過我真的說過「我一輩子都不可能隨著棒球比賽的結果心情上下起伏。」這樣自我感覺良好的話嗎？唔，好像真的說過噢。棒球在每一場賽局中間，會有段真空的時間。我跟妳一起看過好幾次夜間球賽，每一次都讓妳覺得受不了我，因為我一邊看妳被球場上的連串機敏表現吸引得讚嘆連連，我卻被球僮居然能單手就接住變成了界外球的俐落滾地球的傑出運動神經、主審把潔白的棒球拋給投手時的球速之快、野手的華麗傳球以及出來整備球場時帶著刷子的內野整理電動車的動線優美給吸引得目不轉睛。比起輸贏，我更心醉於攻守交換時包圍了整個球場的輕鬆氣氛，這樣的心情，妳叫我要怎麼跟冷眼覷著我的妳坦白？我可能是不好意思老實說出自己喜歡看的其實是場邊的這些小事，才故意對妳裝酷吧。

聽收音機同樣可以透過聲音來掌握攻守交換的情形。搞不好體育活動其實是要用聽的，用聲音「聽戰」才是正解。記得以前家裡還沒有電視時，我跟朋友借過一台可以收聽得到幾個節目的FM收音機，用來收聽競技體操的團體賽。不過那台能接收得到的是電視節目的聲音，而不是廣播，所以也沒有連珠炮似用來填補沉默的解說。起跳與落地時的足音、握住鞍馬鐵環時的聲響、吊環喀叩的聲音。所有競技動作都是用想像的。用地板與鐵槓進行的月亮空翻及新月亮空翻，由於是像太空船外進行艙外活動時，以不存在的月亮重力為前提，所以不會有跳得太遠的風險。相反的，跳馬則快得連測量重力的時間都沒有，一下子就風馳雷掣裂了開去。好，起跳。表演結束。完美落地。整個過程還不到十秒鐘，而且八成以上都是助跑。跑、跳。踹上踏板時啪叱的堅硬破壞音與在泡棉保護下沉鈍落地聲的融合。用收音機收聽相撲轉播時，也會融入在同樣的世界裡。

話說回來，我倆各自追逐不同焦點的球場上，倒是有個地方同時吸引了我倆的目光呢。平坦播缽的底部正中央——聚焦了這世上所有光輝的閃亮場所，那被稱為投手丘的小山。那也是一種土俵吧。即便比賽正熾，唯有那裡是進行神聖儀式的特別空間，埋在上頭的投手板還帶著一種神聖氣質，散發出超越時空的白光。就像刻著未知文字的巨石，就像羅塞塔石碑（Rosetta Stone）。只有那裡不想讓任何人站上去，不希望被弄髒。

不知是否還能有一天，我們能再一起去看球賽。雖然妳閉著眼睛，我相信妳依然能夠享受到比收聽轉播更多的樂趣。我不會再亂看了。當然也不會多言碎嘴，畢竟妳是個只要聽著聲音，就能辨別球現在到了哪兒、誰又站在哪裡的人哪。我也會更重視賽事結果的。當球賽結束，在黑暗之中，讓我牽著妳的手走到投手丘，在那兒靜靜傾聽降落在播缽底部的聲音。把球場變成一個巨型衛星接收器，朝流經王子運河街263號前的運河裡頭一艘漂浮不動的小船上某電報員拍送訊號。期待真正的鋼索，而非織線，能將那頭與這頭連結。

雨歇向晚之中——

第 5 封

我從沒想過，即使只是一時片刻，從未能滿足想成為一個母親願望的我竟然曾經是你的母船。由於太過驚訝，我忍不住請我的朗讀者為我重複唸了那個段落，而我的朗讀者也沒有埋怨半句「還要？」，就只是心平氣和為我把那個段落讀了一遍又一遍。聲音在不停重複之間逐漸與文字諧和得沒有半點縫隙，聽來彷彿像是數百年來光靠著口述所流傳下來的詩句片段，賦予了它那樣的聲響。你的來信很令人歡喜，謝謝你。

不是一同逃難的方舟，而是各自都得忍耐孤寂的母船與登陸艦。

我咀嚼著這句文字。若果我的指尖延伸出去的毛線曾經繫住了漂浮在無重力空間中的你，為你送去必要的氧氣，那麼連結起衣櫥與書房的不多想，自然便是臍帶了，甚至我竟然還曾經坐在樂器內部的特等席，側耳傾聽你彈奏的敘事詩呢。

我忽然想起，忘了是什麼時候，有一次某位認識的小提琴師傅告訴我在小提琴內部的中空裡有一片名為「魂柱」[10]的木片立在裡頭。他還讓我從f字型洞口

外往內窺了窺那片木片。那片應該對小提琴的音色有重要影響的木片，與它聽起來很厲害的名字相反，完全沒什麼特徵的隱身在那片昏茫裡。

搞不好藏身在衣櫥裡的我就相當於是魂柱的角色。不同於弦與弓，不被人看見，但卻在背後默默承擔起不可或缺的任務，就像一艘祈求登陸艦平安歸返的母船……。

會不會太誇張啦？請你別笑我傻。喜悅與哀傷之間沒有屏垣。衣櫥裡的編織時光是一段特別的光陰，但我自然也知道，它同樣也預言了你我現今的關係。我倆絕無可能搭上同一艘船。泛在被閉起的眼簾之湖上的，每艘都是僅容一人使用的輕舟。

⑩ sound post，中文為音柱，然在法文的 âme、義文的 anima 與日文的魂柱皆帶有靈魂之意。

你提起了蘇聯太空人的話題，讓我忽然意會到自己之所以選擇在這湖上與你重逢，原因已完全被你識破。我倆當年第一次交談的地方，宇宙射線研究所的圓柱形儲水槽水面。當然那是儲備了五萬噸超純水的用來觀測微中子的人工設備，可是那光景令人覺得要是這宇宙的昏茫裡有湖泊的話，肯定就長那樣了吧。我想捎信給你之後，決心永遠閉上眼睛的我開始拚命在眼瞼背後搜尋水的氣息，如今想來大約就是受到那最初機緣的影響吧。

K鎮的宇宙微中子觀測中心當年對外開放給一般人參觀是在一次大規模破損事件之後，重新恢復運轉前的試行期間。大概希望藉由提供參訪儲水槽內部的難得機會，給對宇宙有興趣的人多點見聞。說是參訪，其實只開放了短短幾天，而且限定每天只開放給十二個人，規模很小。報名人數出乎意料的多，演變成要抽籤的情況，跟我一起報名的其他職場前輩全都落選了，反倒是只不過是看上了附近有溫泉這點的我抽中了。

成為幸運兒的我們當天在舊礦山的坑道入口集合，搭乘以電力運轉的小巴士前往微中子觀測中心。我們人的眼睛雖然看不到，但宇宙中一直有源源不絕的「微中子」這種基本粒子降落地球，彼此不相互作用，但卻會穿越一切物體。它們在很罕見的機率下會與水發生反應，發出青白色的契忍可夫輻射（Cherenkov radiation）。研究目的正是要觀測這些微中子以辨明它們的真貌，並進一步揭開宇宙的奧祕。為了提高那極罕見的機率，需要有非常大量的水來做為標的物，並且為了怕不必要的反應干擾觀測，所以利用舊礦山，把觀測中心設置在地底的深處。這些都是小巴士在坑道中行駛時，介紹員在巴士內為我們所做的介紹，聽來每一樣都那麼新奇而且易懂，我到了那一刻，終於也燃起了興趣。

現在回想，其實那時候你就已經坐在我隔壁了，只是我心思已經忙著想像一個發著青白色光芒的巨大湖泊，無暇顧及隔壁坐的究竟是怎麼樣的人，而且大家頭頂上都戴著一模一樣的白色安全帽，就算我轉頭看看其他幸運兒，也只會看得到大得不成比例的頭。

只是我注意到了一件要緊的事。明明只限定給十二個人參觀，但現場總共有十四個人。我留心又重算了一次。扣掉穿著作業服的研究所員工，戴白安全帽的有一個、兩個⋯⋯一直數去，果然還是十四個人。說起來這也沒什麼問題，只是不曉得為什麼我對這件小事有點在意，我記得很清楚。

坑道裡四處還散落著挖礦時期用的軌道跟台車、升降機及一些纏纏繞繞的繩索之類的物品，側壁上直接露出被挖削掉的痕跡，四處還有一些空蕩蕩的平台，即使車窗是關著的，依然不停傳來地下水流洩的聲音。坑道遠比我所想的還長，時不時與錯綜的側道交會，一路往前延伸過去。小巴士半點沒有要停下來的跡象，而在這之間，你也一直隱去了自己的氣息。

雖說早有心理準備，但那觀測中心還是遠比我所想像的要巨大。形體確實只是單純的圓柱體，但那大得已經無法被收進一個人的視野裡，甚至還讓我覺得，應該是我畢生以來所看過最巨大的物體了。為何一個觀測物質組成最小粒子的裝置，會巨大得與其所觀測的對象完全相反呢？至今對我而言依然是難解之謎。

我們一行人穿過了設置在周遭各式各樣的機器，終於抵達為了修理而打開了圓形頂蓋的水槽邊緣，接著大家雖然明知根本不用畏懼，卻還是小心翼翼的往裝滿了純水的內部探頭探腦的窺看。往後我們曾無數次提起那一刻，就像是一同去過了一個無比遙遠的地方旅行一樣。清澈的青水球體，是浮現在腳下的一顆行星。

我們這十四個人真正幸運之處，應該可以說我們是能搭乘小舟下到水面上的少數十四個人吧。我們先全部在腰帶上繫上救命繩索，然後搭上小舟，下到水面上做為基地用的浮島。那些用保麗龍製成的浮島其實漂漂浮浮的讓人很不安心。後來我們兩人組成一組，共同乘著橘紅色小舟划入了水面。誰與誰配對其實並沒有特別指定，只是剛好誰與誰對上了眼神就那麼決定了。我之所以會跟你共乘一艘小舟，實在純屬偶然。

自始至終大家全都靜默無語，因為很顯然那並不是一個適合說話的場合，而且任誰也不想要讓自己的聲音髒了行星上的水。最初，傳來了一股清冷，一種未曾被人類的手摸過的存在所獨有的清冷，在不知不覺間從小舟底下漂升了上來，將我們團團圍住。不曉得是不是因為這樣，那地方明明那樣開闊，卻一回神察覺自己已經把身子縮得好小好小，斂住了氣息。唯獨就只有那安全帽，莫名的更沉了。

接近水面後，感覺水的青愈發透明，彷彿就要吸附上眼珠一樣。水應該是沒有顏色的，所以那青究竟是從那兒反射來的呢？憑我再怎麼科學文盲，腦袋裡也清楚那應該是來自水槽底部的顏色，可是卻又覺得那彷彿是來自於什麼更遙遠的地方，在「青」被賦予了「青」這個名字之前的某種存在所反射出來的，那樣子的光澤。

掌槳的人是你，我立刻就知道你是個善於划船的人。雖然只不過是漂浮在水面上，不是要趕著去哪裡的旅程，但也要提防不要跟其他小舟靠得太近，跟別人的船身撞在一起，不時要微調船槳的角度，把小舟移動到水面上其他地方。我其實很想看著你的眼睛跟你表達謝意，可是我怎麼樣也辦不到，倒不是因為害羞，而是過大的安全帽遮住了你的眼。

為了怕錯失任何一丁點幸運的機運，我不時低頭看看水面、一下子又抬頭往上看，一下子又環顧四周的牆面，揪住各個角落凝眼細看。我怕你覺得我一直意識到了你的存在，於是刻意側身，傾聽偶爾船槳挑動水面時所發出的細微聲響，但當然，你應該完全沒有意識到這些小事。

我們周遭被光電倍增管所放射出來的金色光芒三百六十度的團團圍住。水的青色與那金光完完全全支配了地下的行星。為了要把非常渺弱的契忍可夫輻射提高到足以檢測出來的程度，四周全面裝設了一萬根以上直徑達五十公分的玻璃管。這些我們已經在小巴士裡聽過解說，可實際上看到了後還是超乎想像。一根又一根幾乎可以張開雙手環抱的大玻璃管緊密相連得連一丁點空隙都不被允許，以幾近狂誕的充滿規則且正確的方式排列，宛若從來不知厭煩為何物的造物主創造出來的細胞排列一樣。

我們到底在那邊擺盪了多久呢？果然如今已難以回想清楚，似乎只有十來分鐘，但若說我們至今仍在那兒也無可無不可。我先前寫道「當年第一次交談的地方，宇宙射線研究所的圓柱形儲水槽水面」，但嚴格來說，我們兩個當時並沒有交談。船槳前端滴落的水滴與反射在我眼瞳上的玻璃管光芒，只在我倆間交會而過。但那亦是還不知道語言的人類所擁有的比語言更為親暱的默契，即便語言滅絕了，也會依然存續下去的默契。

此刻我終於醒悟，為什麼當年的幸運兒不是十二個人，而是十四個人了。那就跟我每次要抓起一打鉛筆時總會抓得過多一樣，我們倆便是那原本應該被放回空年輪蛋糕盒子裡的兩個，是被挑起之中再挑起的，特別的兩個。

彼時我們身上似乎早已隱喻了之後我們的一切。象徵、暗示、記號、氣息、預告……。至今為止的所有時間，以各種形式被濃縮起來，漂浮於水面，唯獨有一樁事完完全全的不同、無可救贖的不同——我倆在那觀測中心水槽的水面上，是兩人共乘的。

不曉得當年相遇時，那穿越過我倆的微中子如今又是穿行在宇宙的哪個地方呢？

回程在小巴士裡又剛好坐在了隔壁，真的只是湊巧，不是我刻意在下了小舟後又要跟你一起坐。與去程相比，巴士裡氣氛輕鬆了很多，原本還互不相識的陌生人開始低聲聊起不久前那段靜默的時間。只是你還是沉默不語，手肘支在窗框上撐著你的臉。

忽然間，你戳戳我的肩膀，指著窗戶外頭的某處。那是在巴士臨時停下來與大型工程車會車的時候。由於你戳我的方式非常紳士，我也毫不反感的把眼睛瞄向你指尖指向的側道前方。那大概是封山以後就一直沒有使用的側道吧，晦暗無光。

不，那還不足以形容那份暗，那感覺就好像是宇宙誕生前的黑暗還獨獨被遺忘在那兒那樣。而就在你指尖連成了一條線的遙遠前方，有個光點幽幽然的浮現。輪廓清晰，卻無形無色、不需要任何形容的光。當然很明顯，那是一個礦山的出口，只是那樣的認知對我來說一點用也沒有，我陷入了宛如今生今世第一次看見光的錯覺中，忍不住輪流看向你的眼睛與那黑暗中的幽茫光點。不知什麼時候，你已把安全帽的帽緣抬高，眼睛就近在我臉頰旁。

沒有其他任何人注意到了那闃暗的側道。一會兒後，工程車駛離，小巴士又再度開動。闃暗逐漸遠離了，然而映顯在你眼中的光卻從不曾消失，照耀了你眼瞳中的一點。那就是我與你的初次相遇。

謝謝你說願意幫我介紹你在畫螢事件時的醫師，實在沒有什麼關懷比這更令人開心的了。這是你獨到的方式，不是任何人都可以辦到的，因此特別令人寬慰。

不過我有點訝異，那醫師居然曾經是自由潛水的專家。潛入深水如果等同於是將「生」關上，那麼我或許更應該麻煩你幫我寫封介紹信了。我的病情為何會跟水有關係，其實一如我方才所提到的，我們相遇的場所早已暗示了一切。啊——原來我是一點一點慢慢的沉入水中，一點一點的活著我既死之生。原來如此，我終於懂了。

不曉得以前那些蘇聯的太空人接受訓練的游泳池長得什麼樣子呢？我胡亂幻想，但想呀想的，想出來的還是跟微中子觀測中心長得差不多的樣子。我現今沉入的正是宇宙裡的湖泊，要是浸入耳中的水能跟微中子發生反應，發出青白色光線的話不知道該有多好。我這人還是盡做癡心妄想，永遠學不乖。那時候，研究中心的人解釋說不管設置了多少光電倍增管，契忍可夫輻射都只是一種顯示於螢幕上的數據現象，眼睛觀測不到。但是真的嗎？我有點懷疑。他們就那麼些個有限的人員，待在一個沒有日光照入、外頭聲音也傳不進去的礦山地底，等待著不知何時會來訪的宇宙訪客。就算有誰不留神之間目擊到了水槽中迸現的一瞬光芒也不奇怪呀，你說是不是？他們一定是把那當成了只有自己人被賦予的祕密特權，藏進了眼瞼的後頭。

　　晝螢之光肯定也像這樣。

　　「晝螢連一隻也沒出現哪。」

　　你那位不僅沒有考慮到眼睛受傷的小孩子心情，反而還直截了當誠實以告的級任導師或許早就懂得了，懂得不管有沒有出現，光，都被妥妥當當收進了眼瞼後頭深深的底盡。

　　一開始，是我發現怎麼腳下拖鞋一下子就掉了？咦，奇也怪哉，隱微有些像這樣子的狐疑在意識底層的邊緣要浮上不浮上，就只是這樣而已。我想這世上大部分的人應該都沒辦法講清楚自己穿著拖鞋的腳是怎麼動作的吧？肌肉與關節、筋絡是如何連動，以讓拖鞋與腳持續待在一起？所以當然根本沒辦法改善。

一陣子之後，我開始在下樓梯的途中、在房裡正中央走到一半時停下腳步，回頭看著被自己遺留在身後的拖鞋。我盯著方才明明還穿著拖鞋此刻卻光著的腳丫子歪頭不解，而彷彿要代我述說心情似的，拖鞋茫茫然躺在地上。

對不起，我本來沒打算叨唸自己生病的事情，我好害怕一個人忽然說個不停會讓你感到不耐，可是你的信上說，我的信讓你感受不到重量……。我讀到這一句話時，那瞬間，被你的洞察力嚇住了，了解了自己這些無謂的小伎倆根本一點意義也沒有。也可以說，我感受到了某種敬畏。你那可以寫出一語中的、彷彿我們分離的這段時光一點也不存在的文字魔法令我望其項背。

一件件、一樁樁。辦不到的事情愈來愈多了，拿菜刀、微笑、扣鈕釦、咳嗽、發出ㄌ行的音、翻身、眨眼……，只要一次做不到，就再也沒辦法辦到。如今的我，已經被重力給支配，已經不存在任何一丁點抵抗重力的力氣，而既然要被看不見的力量給拉下，還不如我自己緩緩沉入滿盈的水中。我想帶著這樣心情所寫下的字，自然也就不會有重量了。你所寫的沒有時間的語言，我所寫的沒有重量的語言。我們兩人的信配成了一雙，交會而過，在那面前，我只能像個有幸得見契忍可夫輻射的人，怔怔站著，靜默無語。

上次你信裡最吸引我的是你提到了被送上史潑尼克二號那隻狗萊卡是母的這件事。我訝異得都快「咦」出來了。為什麼我也不知道，可能是因為「萊卡」這個名字聽起來有種勇武的感覺吧？要是牠叫做 Erika，我可能就不會這麼誤會了。

我又想起，我們忘了什麼時候曾去看過的一部電影《狗臉的歲月》。主角少年英格瑪因為母親病情惡化而被單獨送去了叔叔家寄住，每當他碰到什麼難過的事情時，就告訴自己，我跟被放進人造衛星裡餓死的萊卡，已經好多了。這個有能力將自我不幸與一隻宇宙犬相較的少年以及寫信給不存在的友人的安妮，兩人都是同一艘小舟上的乘客。他們為了不去看被加諸於自己命運上的種種不公，而編織出來的苦肉計，總有什麼令人感覺很疼惜的地方。

英格瑪長了一張憨厚的臉龐，並不是美少年那一派。就連笑著的時候，他眼神中也有種變聲期少年所特有的緊張與茫然。那個神情在我心中與萊卡犬的際遇重疊在了一起，不知什麼時候，萊卡犬在我心裡頭就被定義成一隻公狗了。

不過其實萊卡犬好像不是在繞行地球軌道過程中餓死的，而是因為過於驚惶，而在發射不久後就被嚇死。當然餓死與嚇死都很殘酷，而且就算在噴射與衝擊過程中倏然來訪的死亡只是一剎那，也不能說那就不足以安撫一位少年的不幸。要是萊卡犬知道自己曾經在某些時刻陪伴過一位孤獨少年，搞不好會在宇宙的某處，牠會開心的搖尾巴呢。

雖不如少年英格瑪那樣詩性，但我若老實說，我小時候其實也曾經跟實驗動物建立起某種祕密關係唷。當年才十二歲的我，最喜歡的讀物是一本被擺在牙醫師診所候診室裡叫做《世界悲慘動物》的書。那書裡介紹了各種在科學發展過程中被犧牲掉的動物，對我而言具有難以抵抗的魔力。我只要一翻開扉頁，幾乎馬上就能忘掉看牙是件多恐怖的事。

比方說，對蜘蛛注射藥物讓牠們築巢（讓蜘蛛巢結構變得最亂的是咖啡因，而讓牠們編織出最複雜結構的則是大麻）、讓幼犬長時間不睡覺（全部都在九十六至一百四十三小時之間死亡）、把幼犬的頭移植到母犬的身體上（麻醉醒來後，狗恢復到有力氣咬研究者的手，但過了六天後併發感染症死亡）、讓七個月大的猩猩與十個月大的人類嬰兒一起被扶養長大（結果不是猩猩人類化，而是小嬰兒猩猩化。實驗結束後不到一年，猩猩在籠子內死亡，人類嬰兒則在成年後自殺）……，我現在還可以回想起所有例子。

尤其最令我忘不掉，也最深深同情的，怎麼說都是巴夫洛夫之犬了。巴夫洛夫博士為了要研究唾腺的作用方式，在狗的臉上開了一個洞，打算餵食狗各種食物後從洞中擷取唾液，但沒想到，狗後來還沒看見食物，光是聽見博士的腳步聲就開始流口水了，逼得博士只好改變最初想研究不同飼料對於唾液成分變化所帶來的影響這項研究目的。結果最後狗兒的聰慧給博士的研究帶來新曙光，博士也贏得了超乎諾貝爾獎的名聲。

我還記得很清楚，那張被印在書上的黑白實驗照。一隻看起來很平凡的狗被以站姿固定在木架上，身上四處延伸出去的各種又粗又細的管子在頭頂上連成了柱子般，讓牠無法動彈。狗兒垂著耳朵尾巴，眼神茫然，不曉得是不是很想蹲下，但是又不敢，有一隻後腳歪曲得很不自然。

還好那張照片的粒子很粗，臉上開洞的地方看不太清楚，真是唯一的救贖。小女孩根本不敢想像臉上如果被開了一個洞會有多痛苦，但是她知道，也唯一知道，肯定是比磨掉蛀牙還痛吧？就算把所有擺在眼前的美食都吃下去，也會全部從洞口中掉出去，一點也不會飽，而且像是烤雞、牛肋排、豬肋排這些菜的骨頭還會梗在洞口，愈吃只有愈痛。在少女的想像中，巴夫洛夫的狗就連痛苦得臉都扭曲了，依舊還是一臉茫然，完全不明白眼前情況怎麼會變成這樣。那一臉好像牠自己有錯在先的表情，令少女更心痛。

只不過少女跟少年不同，她並沒有用巴夫洛夫之犬來安慰得了蛀牙的自己，相反的，她發現自己在牙醫那邊看過《世界悲慘動物》的晚上一定會做惡夢，而且隔天早上一定會發燒，於是她趕緊利用了這情況。每當有什麼不想去上學的日子，她就趕快計畫要去看牙醫——學校午餐菜色是八寶菜的時候、耳鼻喉科健診、長跑大會、社會課要去製鐵廠校外參觀……。不想上學的理由太多了，她眼睛骨溜溜的瞪著學校行事曆，找出應當要休息的日子，接著在適當的時機點開始抱怨自己牙齒疼。為免母親起疑，還得要有萬全的準備跟逼真的演技。等到一旦順利到了候診室後，接下來只要全心投入那些悲慘動物的世界之中就好了。

巴夫洛夫之犬就這麼一次又一次把少女從黏膩膩又有藥味的八寶菜以及社會課時校外參觀的暈車痛苦中拯救出來。明明牠自己也正處境艱難，卻還是幫忙少女達成心願。

現在回頭想想，就算那本書裡出現了萊卡犬也不奇怪吧。甚至，萊卡犬還應該跟巴夫洛夫之犬共享主角待遇，不是嗎？巴夫洛夫博士也是俄國人。蘇聯的萊卡犬與俄羅斯的巴夫洛夫的狗，這兩個多麼適合被分別放在第一章與最後一章，當成尊貴的犧牲象徵哪。

只是在宇宙中孤獨死去的狗兒有個氣派的名字，但臉上被開了一個洞的狗卻是隻無名犬，這件事讓我稍微有點在意。每一次博士的名字都被擺在前面，好像狗只是他的陪襯品一樣，不是很可憐嗎？

就讓我模仿少年英格瑪的方法，為巴夫洛夫的狗兒祈禱吧。

「比起被關進重力裡，臉上被開了個洞已經好多了。」

我們曾經去過無數次的那個棒球場周圍圍繞著白楊樹，天空很近，一坐在觀眾席上方位子上後，便感覺到有舒爽宜人的風兒吹過。我們倆各自待著時，總是各待在各自的狹小空間中，一個敲著打字機鍵盤，一個關在衣櫥裡，但一旦一起行動，又必定會去什麼空間開闊的地方。從舊礦山的地底下開始，觀光牧場、古墳、調車場舊址、外國樹種樣本林、河畔……，而今天，我感覺，我們與快活的狗兒們一起去了趟宇宙散步，這都要感謝你。

就讓我把這封信夾進通往後宅那個回轉書櫃裡頭的文書夾中吧，同時祈禱它能確實被送到你的手上。

寫於地球另一側傳來了日蝕新聞的夜裡——

又記，

萊卡犬被放上了郵票了呢。牠臉上那條從鼻子延伸到額頭的白色細毛看起來很威風，可惜耳朵前端彎了下來，害牠看起來有點傻憨。對了，不曉得巴夫洛夫之犬是公的還是母的呢？

第 6 封

這個世界，被稱為語言的存在究竟有多少呢，委實難以想像。但若把人類發展成語言之前，那些存在於語言誕生前不久的聲響以及曾用過一段時期，但後來消失了的，又或者是使用者整個種族都滅絕了的語言也囊括進來的話，肯定多如繁星吧。只是大多時刻，語言作為一種眼不可見、耳不能聞的物質，都只是在沉默之間，從心靈穿梭而過。若有某些時刻，語言讓我們感覺它並不只是一種溝通工具，它更深深滲入了我們彼此身心最幽沉最底盡處，那我們肯定是捕捉到了獨自存在時只具有一點渺微質量的語言，在黑暗中撞上了某人的語言時的瞬間所迸射出來的光芒吧。

從初相遇的那一天起不曉得天南地北聊過了多少事情的我們之間，不曾說出口的話語與眼神交會，或許也是一種近似於契忍可夫輻射般的存在吧。偶然的重疊不是命運，而是必然。當我們在沒有光學儀器的幫助下依然感知到了不可見光時，那對我們來說，就正是一種獨一無二的體驗了，不是嗎？回程我在小巴士裡之所以會伸出手來向妳指出那被掩沒在闃暗之中的側道盡頭，是因為我直覺到了，那裡將我們在橫渡那無言的湖時所感受到的某種什麼化為了可見。後來我們才知道，原來彼此都感受到了，而當妳重新提起K鎮的體驗時，妳靜謐的話語似乎讓記憶的微中子又再度被賦予了質量。

關於妳的病，其實我早先已有些察覺了。妳決定不再把眼睛睜開，恐怕也是想對那逐漸無法睜開眼瞼的病症先下手為強吧？妳身體不再能隨心所欲，所隨之出現的種種不協調症狀一樣樣都傳到了我這頭來，想來就是我們彼此之間依然還有纖線救生繩互相連結著的證明吧。妳說得沒錯，要對抗這地球上的重力支配，就只有利用水的浮力來獲取相對的自由。我之中的另一個我的主治醫師為了幫助身體不適的太空人復健而打造的那個泳池，聽說事關軍事機密，我沒有辦法對妳說得太詳細，但那是一個可以媲美當今世上最深的、水深達四十公尺的潛水池。

一般患者復健時使用的類型，是可以在溫水中行走的溫水池，原本是用來治療礦山工作者所使用的浴池。但特別池位於禁止進入的地帶，而且還有公家機關人員常駐，那並不是以醫師的能力能夠辦到的。我們那種小村子，怎麼可能會出現那樣子的機構呢，所以大家謠傳村長一定是幹了什麼離譜的協議，可是沒人知道真相。只是大家都知道，那醫師並不是一個表裡不一的雙面人。

之所以會在那裡打造一個幾乎要讓人誤以為是垂直洞穴的治療池，首要原因就在於水。有個湧泉的水源跟當年奪走了我之中另一個我的眼睛那棵樹木附近，那發生過晝螢風波的池塘相同。那邊的水以極度透明的水質聞名，把那水用特殊濾網過濾後，將所得的超級純水注滿治療池。沒有用氯。

水深四十公尺的絕對壓力相當於五個大氣壓，太空人訓練時，頂多只要十幾公尺的水深就夠了。在那兒，不會讓太空人穿上太空衣潛水，而讓他們透過自由潛水來治療與復健。這種作法著重於令他們學會類似瑜伽冥想的呼吸法，以藉由自我意志來把血液集中到器官附近。冥想的環境不可以有半點混濁，所以我會跟妳提起這個遠在他鄉的鄉村裡的治療池，就是因為我堅信那百分之百澄透的水，絕不會給妳那潔白得幾乎不適合用肌膚這個字眼而更適合以皮膚來稱呼的纖細身體表面帶來任何一點刺激。那是安全的水。

至今我仍清楚記得第一次碰到妳的手時那份訝異。我幾乎要錯以為自己的指尖穿過了妳的皮膚，直達底下宛如存在地極一般纖弱縹緲的骨頭。如今想想，如果皮膚能夠捕捉到語言所散發出來的契忍可夫輻射，那一定是一接收到陽光後便能進行光子加速般高感度的皮膚吧。「一種未曾被人類的手摸過的存在所獨有的清冷」。妳對於行星上的水的形容，我完全能懂，就是因為我在與妳共同生活之後對於妳那最初的印象一點也沒有變過。妳的臉頰、妳的頸、妳的背，每一碰觸，便感覺表面彷彿幻化出了深度一樣難以思議的肌膚……，不，或許該說是纖薄的皮膜，那皮膜上，恰恰就繃著如同為了檢測微中子而打造出來的純水人工湖一樣的清冷。

我不是說妳心冷。妳若是個連靈魂都冷透的人，又怎麼可能會對我這樣的人抛出織線的救生繩呢。從妳皮膚傳來的，是寒冽透骨如火炎般的溫度，與那最終究竟是沒有向我現身的晝螢擁有同樣的性質、無從確認的一種溫暖。我之所以能不錯過那愈靠近，便愈遠離的肌膚感受，並能一路追尋了它竄過表面時的震顫軌道，終因裡頭有著蒼蒼火炎以為我的指引。混含了氯氣的水則會殺了這一切。若是有那位一直幫助失去了視力的我之中另一個我的醫師幫忙的話，肯定能夠消除妳的耳鳴，揮去妳的暈眩，將聲音導入一如「闇」這個字所展現的靈魂的門扇內吧。

　然而我必須向妳坦白，我現在一邊寫著這信，心裡頭始終有一份不可謂小的不安在心上驅趕著我。當初在那漂浮於地底下行星水面的小舟上，安全帽底下的我一面握著船槳，留心別劃出歪斜的水波，目光一邊追著已幻化成晝螢的妳三百六十度、毫不錯過任何細節四下觀察的樣子。就在我心想，原來如此的那一當下，忽然就那麼一瞬，有個黑影倏忽從純青的湖面底下竄過，這件事妳還記得嗎？妳沒在信上提起這件事，不過那黑影，肯定是什麼生物的影子。不是魚也不是龜，是更敏捷的生物，不曉得是不是被認為已經滅絕的白鱀豚或是貝加爾海豹那樣生活在淡水的生物？可是沒有這個可能。因為那是不允許任何生物存在裡頭的空間。那是，沒有實體的心念。算了吧，還是讓我們別再追究那神祕的、只屬於兩個人的、存在於超越了語言印記背後的某種存在的真相了。若果這次是穿越長長遺忘隧道之後的揚帆，那艘小舟就算是被用來準備划向黃泉之國的沒有船夫卡戎⑪的小舟也不稀奇了。

我所說的不安，是怕妳將身子沉進了水池中重獲自由之際，會忽然穿越誰也不能到達的時空，消失在別的世界裡。我感覺在妳那纖細的皮膚與水之間，彷彿從一開始就已經建立起了一層不允許別人介入的親密關係。現在回頭想，所謂的「回

⑪ Charon，希臘神話中將剛離人世的亡魂領過冥河的船夫。

想」，總是必須要繞開最折騰緊要的部分、總是在遲了以後才開始。妳的身體已經不在我身邊，妳的聲音已傳不到我耳邊，我所能做的只有在遠方支撐著妳，支撐不願看丟了珍愛的蒼白可愛的光，就算把總也不純的記憶摻雜進來，也要抗拒重力的妳。

我們去K鎮那宇宙微中子觀測中心，被巨大的實驗裝置整個包圍住時，我所看的對象並不只有水。妳當時也愣了吧，那直徑寬達五十公分的光電子倍增管聚集體，讓我們兩個人好像被關在巨大玻璃容器裡的兩隻小蟲子一樣。該怎麼說呢，就像是被一隻巨蟲給骨碌碌的揪著看嗎？後來妳提起過好幾次，當時整個人都被那空間那種超乎人類所能理解、恍如行星規模的巨大尺度給震懾住了。小舟的小，與周圍的廣，這份不協調感成了我們往後不管去過了多少地方也無法抹去的原初記憶，而我首先連想到的，就是昆蟲的複眼。

由無數單眼聚集而成的複眼可以感知到人類眼球所無法捕捉到的紫外線與光

的偏振，它們眼中的世界與我們截然不同。在映像管還是主流的時代，我曾參觀過一個把一堆箱型顯示器疊放在一起，放映各種實驗影像的現代裝置展。在那裡，我很偶然就碰到了所有顯示器同時將一個觀者同時吞沒的瞬間。好幾十個螢幕上，同時出現了一個手足無措的自己。那一天我身體所受到的衝擊也是類似那樣的感覺。從超純水的頂部到底部，密密麻麻覆滿了一萬顆以上的單眼。一顆顆眼睛，揪住了小舟上的兩個人，成了機械操控的細胞，將記憶的碎片，統整成為從未曾想見過的色彩映像。這是有誰在背後操作、觀看。複眼沒有眼瞼，表面不會乾澀的複眼也不識流淚。妳說妳已決心閉上眼睛，但妳也依然能像這樣傳送信息給我，因而我也想，妳並非將自己關入了黑暗之中，妳是得到不同機能的眼球了。

我們曾在秋日初始去拜訪過一個放養本土種馬兒的山村。那一次，為了滿足妳想參觀牧場的心願，我提了幾個選項之後，妳選了一塊對我來說還滿熟悉的土地。

我也很喜歡那片牧養了流有蒙古馬血統的小型野生馬，好像保護區一樣的海岬地區，但要參加那趟含解說必須在日頭正炎的海邊曝曬近兩個小時的行程，我擔心妳的皮膚會斑駁脫落。可是另一個必須搭電車再轉巴士去的山林牧場則是會讓人想穿上長袖的氣候。我們跟馬兒相處的時間僅有大概三十分鐘左右，之後便在附近步道散步，接著再到河谷旁矗立的一棟老旅館留宿。晚餐過後，我們在關了燈的房內窗旁擺上椅子，仰望滿天星辰。我一如尋常聽著妳說話。妳那輕細卻堅韌的聲音，會隨著談話內容出現微妙變化。很多人一聊得起興了講話速度不免就快起來，但妳相反，妳愈是投入於妳的故事中，妳語調便緩，有時候甚至還會在說到緊要關頭前忽然閉口不語。

話聲一停了下來後，河谷裡的流水淙淙便聽得更分明。不愧是山林裡，空氣清澄，月影也素麗乾淨。群樹的暗影黑壓壓的雖然就迫在眼前，但那黑暗，卻反而揮去了閉塞感。不過妳依然——或者該說，正因是那樣的氛圍，妳才因此依舊在心上一頁頁的翻閱妳那本虛構的名簿。那本記錄了「被關在什麼東西裡面的人」、「把自己關起的人」、「把東西關起的人」的名簿。妳把最適合當下那日子的人物生平，用一種熟稔親愛的語氣說給我聽。我是多麼高興哪，能跟透過妳聲音而熟稔的這些長年知己又再度相會。那晚，妳說給我聽的故事裡，我至今還有印象的，是一位蹲在百葉箱裡不知道蹲了幾年的小老頭的古怪生平。小老頭是所謂的「箱男」一族，不過不是需要揹著箱子四處走的那種。每當有觀測員要來家裡記錄的日子，小老頭便會乖乖從箱子裡出來。既然能做出如此合乎社會化的反應，又為什麼要刻意住在箱裡呢？然而妳說的故事、妳所形塑出來的角色，卻又那麼充滿了難以置信的說服力，半點不容人亂做無趣的亂想。妳那幾乎是神諭了。百葉箱早已扮演完它的角色，褪成過去的遺物，但那種架高式箱巢外觀之物，卻儼然已是妳我諸多共同喜愛的對象物之一。設限的百葉縫豈止不會侷限視野，反而能成為擴展想像的機關。

——再來換你了。

不曉得過了多久後，妳把沉默揮去一邊，用不是複眼的眼睛朝我望來。白天時被收掩在褐彩中的眼瞳此刻已轉為帶著野性的黑，中間蘊宿著蒼白的光。我無法別過眼去，只好稍微吸了一口氣，開始說起來。

——早上我一醒來……

接著便停頓了下來。一分鐘、兩分鐘，自由潛水持續。不安的妳於是開口。

——變成了一隻毒蟲嗎……？

可能吧，我想。但是我沒有往那個方向去。

——唔……不是，是我全身汗……不，是主角全身汗。

浮現在我腦中的不是卡夫卡，而是奧克塔維奧．帕斯[12]的短篇小說。舞台是在一個與清涼的山間夜晚無涉，悶熱且潮溼的南美某處鄉村，主角投宿於村內一家廉價旅店。大概因為旅途疲累，他一到旅店後便陷入昏睡，一醒來已是晚上了。房裡只懸著吊床，沒有一般臥床，磚塊地板吸收了溫度，一潑水蒸發之後，房內更加悶熱得難以忍受。那要是在百葉箱子裡，恐怕濕度要高達百分之九十以上了呢。他穿上衣服走出去，看見獨眼的旅店主人正躺在門口藤椅上半閉著完好的那隻眼睛在抽菸。其實時間還沒那麼晚，可是旅店老闆說外頭商家都已經打烊了，就算想出去散散步，外面連盞路燈都沒有。但旅人不介意，他有火，他還是走了出去。他會抽菸。火柴的焰火成為照亮黑夜最初的光。接著，是隱宿在菸頭中的黃火，隨即月娘也好像被引了出來似的現身。一個世界緩緩的誕生了出來。風兒送來群樹的芳香，四周有蟋蟀鳴唱。

作者是一位詩人。他見證了這世界誕生的一刻後，將在黑暗中交會群聚在一

⑫ Octavio Paz，1914～1998，墨西哥詩人，以下提及故事摘自〈藍色花束〉。

起的宇宙間所有現象比喻為「會話」，無論是他自己的行動或星辰的明滅、將這件事說給妳聽的我，或是正在聽我說話的妳，都只不過是讓這宇宙間的整體「會話」成立的一小段句子或音節而已。既然自己是這樣的一個音節，那麼這音節所成立起來的字眼，又會是怎麼樣的一個字眼、又會是誰說予誰聽呢？在一段故事裡頭，編入這種省思感覺很奇特，不過詩人畢竟是一種特別的種族，他們能在自己泳池的底部某處挖個洞，通向居住於另一個世界中另一位未知的詩人作品，具有那樣的力量。當時我將隱約記得的詩句唸給妳聽過，現在我查了手邊版本，把它寫在下頭。

我驚訝於那東西是如此的
在華麗的雲與冰冷的風之間
穿過如棍的光芒交錯
往我們稱爲上方那不可思議的方向

比大循環的風更輕快的乘翔而去
我甚可追尋它的足跡
探向那青碧寂靜的湖面
爲那過於平靜、過於光輝與
未知的全反射方式及
靜靜閃耀光華的群樹能夠被
正確反射其上而覺神祕
最後終於頓悟那本是
原就澄澈如鏡的天上琉璃地面而顫慄
成束流過的天空樂音

這是宮澤賢治〈青森輓歌〉中的一節。不但在我與妳那過往回憶的片刻，即是現在我正在跟妳訴說的此刻，詩人的聲音依然勁透傳入心底。上回我在寫給妳的信裡提到了太空人失去存在座標時所感受到的茫然，但在詩人的詩句中，「往我們稱為上方那不可思議的方向」這樣的句子被寫下的瞬間，那份茫然已然被轉化為另一種特別的什麼了。一般人的「上方」在太空人的世界裡，對他們而言根本沒有意義。另外，不管是「青碧寂寞的湖面」、「變成了線流舞的虛空樂音」這樣的句子，在在都讓悶熱的墨西哥夜晚與寒冷的日本北國被連結在了一起，語言成為了貫穿地球的微中子。不過我那時候只跟妳提到短篇主角對於星空與世界的考察，但其實我用打字機所打下來的敘事詩，就是跟這樣子的樂音有關，因此我那時候可能有點太投入了，講到一半便無法再跟上那抽象的表現，再度陷入了沉默。

——講完了嗎？

妳清清爽爽結束了它。我說到一半時沒了自己的語言，成為只是單純的音節，見樹不見林，一只有頭沒尾的草鞋。「講完了嗎？」妳總是會湊上這麼一句。

不管接下來還有沒有，一定會來這麼一句。我也沒刻意要等妳這麼說，但一聽見，我心底是歡喜的。只不過那天晚上，我還沒講完。奧克塔維奧．帕斯那篇短篇的主角，在那漫天眼瞳花園的夜空下，忽然間感覺到有別人的氣息。一回神，後背已經被人用刀子抵住了。「不要動喔」，一個男人的聲音這麼說。他不是說「不准動」而是「不要動喔」。帶著溫柔的請求反而更讓人覺得恐怖。看不見身影的男人想要奪的不是財物，而是眼睛。

他說他不會殺他，只不過是要他的眼睛而已，因為戀人要求他帶著藍色眼球花束回去。主角反抗說自己的眼睛是黃色的，可是男人並不相信。男人擦亮了火柴，要確認他眼睛的顏色，接下來，我就沒說了，妳也沒催。我那時候為何會提起那個故事，我想當下妳已經心知肚明了。那一篇，將我倆在K鎮地下行星裡被無數的複眼包圍住時的心思，都給毫無遺漏的表達了出來。藍色眼球花束。在藍色的一顆顆眼球的言語花束面前，我們不過只是兩個音節。那之後，每當我們在各地看見星空時總會聊起那晚，又或者是妳在編織的時候。

織物者的指尖是一項奇蹟。看著線絲逐漸連結成為一件有重量的編織品，那個過程總令我感到暈眩。我無能分辨毛線究竟是被吞食了進去還是被吐了出來，明明是一件增增減減後不多也不少的行為，但成品的面積無疑逐漸擴大。我沒法順利理解那其中的奧祕，尤其是那個堪稱神技的「減目」手法，一個，兩個，三個，在毛線的針目花朵上勾開一個口，變魔術一樣的繞著線圈減掉一個針目的這種技法，光看字眼都讓人覺得好殘忍。從前K鎮發生的那樁藍色眼球花束忽然大量破裂的嚴重事故，也就是一種減目⑬吧。

在山間旅館聊得累了後，妳躺下來，眼中蒼白的光已然褪去，轉而在那清透的皮膚底下，彷彿生命已達到了臨界點一樣，更為深濃的藍光一閃一滅。那近得好似一伸出手就能捏起，卻又彷彿永遠捏不起來遙遠的光。每當妳發出那樣光輝的時候，妳感覺就像在宇宙中漂浮，也像是在水中漂浮，完全體現了「天使浮遊」那樣摒除了輕重對比的展現。為什麼妳明明就在身旁，卻又感覺那麼遙遠？當時的疑問如今想起卻分外懷念，如今我倆雖然相隔遙遠，卻感覺距離縮短了。

克里卡列夫、契忍可夫還有巴夫洛夫，再把安妮．法蘭克與鮑夫恰爾也加進來的話，我們兩人感興趣的焦點好像主要都不在西邊的世界裡。我之所以會從超純水湖連想到貝加爾湖也是因為這樣。當初告訴我那佔了世界近五分之一淡水的大湖的，是我之中的另一個我的主治醫師。那個誕生於三千萬年前，水深一千六百二十公尺的上弦月形巨大湖泊，由於剛好位於歐亞大陸與阿穆爾板塊相撞的邊界，現在湖面似乎仍在微慢的擴大中。我擔心妳一把身體交給了水深四十公尺的治療池中的純水後，會不會就趁勢找到了誰也不知道的洞口，就此消失的這份胡思妄想的另一

⑬一般稱為減針，減らし目，此處配合內文採此譯法。

端連結的便是貝加爾湖。貝加爾海豹由於生活在極度透明，光靠目視就能捕捉到獵物的水中，眼球異常發達。要是有辦法用眼球就能捕捉到契忍可夫輻射，那麼能做到的大概就是棲居在那深湖裡頭體型小巧的貝加爾海豹之類的吧。不過我想，若是妳能忍受得了那水的冰冷，閉上了眼瞼的妳一定能夠以超乎牠們的精度，看見更不可見的量子，將之加入世界的「會話」之中。

對了，妳說的那個被動物實驗犧牲的動物們的故事，果然還是很震懾人。每次我們去博物館時，妳一定會站在我想避開目光的標本前不動。毫髮無傷，皮膚美好的生物們漂浮在略顯混濁的福馬林中。漂浮。這種與重力相反的幸福跟被關在玻璃容器中的不幸互相抵消，把觀者的心也變得空蕩蕩了。如果那能稱為寂靜，妳似乎總是被失去了聲音與體溫的生命的寂靜所吸引呢。其實我不太敢站在專注貼近標本或化石展示櫃前的妳旁邊，總是站到妳身後去看妳。妳的心思一邊對於人類把動物逼到了那種情狀的惡行感到憤怒，一邊對於被逼入了那境況的生命感到哀悼，兩端撕裂，但妳臉上總是浮現一種萬分清醒的笑。當然，妳真正的心思我無從得知，畢竟我只不過是從背後望著妳而已。包容、接受了一切的宗教者肅然而溫柔的背脊之中，散放出了那青光。是的，那光是在懷想著不會再重生的生命之中誕生，就像對超新星爆炸以後，從死亡中誕生的量子展現出嚴肅反應一樣，都是出於同樣的心緒。

在牙科診所候診室內，捧讀被當成了科學實驗犧牲品的動物們的故事，那位十二歲少女。在磨掉蛀牙前，自己先主動想起《世界悲慘動物》內容，主動面對痛苦以給自己帶來勇氣的那位少女，與如今的妳重疊在了一起。不曉得坐在恐怖的治療椅上，為了治牙而把嘴巴打開的時候，雖然什麼好吃的東西也沒有，依然會分泌唾液的這種反應算不算也是巴夫洛夫所謂的條件反射呢？巴夫洛夫底下的名字是伊凡·彼得羅維奇（Ivan Petrovich Pavlov）。現在這樣把他的名字打出來看看以後，在我的腦筋裡頭，這位拿下諾貝爾獎、實際存在過的一位生理學家，開始轉變為安東・帕夫洛維奇・契訶夫⑭小說中的登場人物了。

——伊凡・彼得羅維奇，你前幾年在馬德里演講時發表的那篇〈論動物之實驗心理學與精神病理學〉的主要論點，說的是至今為止被認為是心理、精神層面上的現象，其實可以用化學反應來說明，是這樣嗎？

——是。

——所以你的意思是，一切其實與心理、靈魂無涉？

——是，當然。牽涉到的只有物質而已。物質連鎖反應以化學反應表現了出來，產生不同濃度的唾液而已。心理或靈魂之類的跟這完全沒有關係。

——這我可不能當成沒聽見。你這是說狗兒沒有靈魂，狗只不過是你用來證明你自己學說的工具？但你以前不是也有跟自己「心靈」相通的愛犬嗎？

巴夫洛夫的狗並不是只有一隻。為了要消弭個體差異，必須要同時準備雌雄，還得保有複數，而且應該不是像收容所內那樣用數字編號，應該有取了名字的，所以正確來說，應該說是巴夫洛夫的狗兒們。那些被進行了特別手術的狗兒，正是巴夫洛夫得以從消化器官領域轉往大腦生理學領域的大躍進功臣，雖然跟萊卡犬一樣被當成了悲慘的動物，但我想應該沒有被奪走生命。實驗結束了之後，應該就被恢復成原來模樣了吧。就讓我們如此祈禱吧。

話說回來，《狗臉的歲月》還真讓人懷念呢。我記得我們是坐在一個很斜的觀眾席大約中段附近，靠近左邊盡頭的位子。我坐在左邊，妳坐在右邊。少年英格瑪一直洗腦自己，比起被丟去宇宙的萊卡犬，自己的境遇已經好多了。那部電影在很前面的部分就已經表明了是獻給已逝世母親的作品，所以雖然有很多會令人竊笑的場面，但總覺得有點留下了傷感的印象。現在到了這年紀回頭看，我反而忍不住覺

⑭ Anton Pavlovich Chekhov，1860～1904，俄國小說巨匠。

得那部電影的真正主角，其實並不是一天到晚調皮大意，卻反而惹人憐愛的次子英格瑪，而是那位看見了自己病情盡頭，忍不住焦躁又無能為力的情況下撒手人寰的母親。另外還有那隻少年英格瑪養的遠比萊卡犬更「可憐」的小狗「西卡」。我第一次聽到那名字時，因為腦袋裡頭把「西卡」轉換成「膝咖」，因此對那名字印象很深刻。那隻狗，在母親為了要治病而把兩兄弟送去外地的期間，在地表上被處分掉了（雖然沒被送上太空船）。雖然看到一半的時候就隱約有點察覺，可是真的聽見電影裡的叔叔角色親口明白說出來的時候，我記得很清楚，坐在右邊的妳細弱的肩膀猛然抖了一下。要是把西卡一起帶去鄉下，西卡就不會死了，搞不好還可以讓牠搭上自製的太空船，用繩索帶牠穿越鄉間小道吧。

被用來當成電影海報的英格瑪與西卡的合照，是身為攝影師的母親渾身傑作。我們在快走到出口時，相互示意似的拿起了電影傳單。少年與小狗的瞳孔裡，蘊宿著並非反光的光芒，我想妳應該也注意到了。那種光芒——儘管落伍——還是容我稱它為靈魂吧。妳在衣櫥裡頭扮演了相當於弦樂器中魂柱的事情是真的，要是沒有妳，我肯定已經迷失了吧。魂柱不是用黏著劑黏上去的，而是單靠弦的張力來固定。如果像奧克塔維奧．帕斯所想的，這世界乃是由一切物象所形成的會話，那麼我們每個人，都只不過是裡頭一小段樂章或音節罷了。可是我也會覺得，每個人、每個人都可以成為這世界的魂柱啊。另外還有，我這樣的想法或許太跳躍了，但妳不覺得我們當年相遇的那艘漂盪在沒有眼瞼的碧眼圍繞下的湖中小舟，也是像這樣一片魂柱嗎？魂柱倒了以後還可以修復，只是要看有沒有那份心。就讓我倆留心一點，別看丟了對方獨自搭的那爿小舟吧。我永遠，為了替妳划槳而準備。

在颱風的黑眼瞳內——

第 7 封

這次你的信也依然讓人充滿驚喜。如果說我們兩人能以唯有我們倆才知道的話語通信的緣由，奧克塔維奧．帕斯的短篇主角已說明了一切，那麼沒有什麼比這更令人欣慰了。我們所交流的，只是這世界藉以成立的所有事項之中的一部分會話，是沒有任何人能獨自讀完的一首壯闊敘事詩之中僅只出現其中一頁的寥寥數語。

我雖給你寫了信，卻沒有發現在湖底有個洞口通往外頭，是你告訴了我那水路的入口，就像在礦山地底下時，你向我指出了被遺忘在坑道黑暗中的光一樣。

仔細想想，從初相識的第一天起，以至如今這樣分居兩地的日子，你總是向迷糊發愣的我點出了各式各樣匿藏於這世界之中的祕密所在。在我看來毫無關係的A與B，原來彼此朝對方悄悄投去了目光。原沒有人留意到那視線交會的一點，就僅只被你的目光給捕捉到了。該不會是在那裡出現了只有被選中的人才能看見的類似契忍可夫輻射一樣的東西吧？

我要是知道自己擁有一對特別的眼睛，一定會到處嚷嚷，得意忘形，但你不同，你不會做出那樣丟臉的行為。你總是謙沖自持，就連輕觸我肩膀的指尖都是那麼樣的輕，輕到一沒留神恐怕就要錯過了。

「噢，我不是想打擾妳，萬一妳覺得我很煩，妳可以別理我。」

就像那麼樣的客氣，甚至讓人感受到一股猶豫。

可是你指尖指出的祕密，從來不曾叫我感到聒擾或囉嗦。站在那些祕密之前，我總是無以言對，被滿心驚喜與敬畏的心情衝擊得只能愣怔怔站在原地。接著等一開始的激動稍微和緩了下來後，轉頭與你四目相望的那一刻，是多麼叫人珍愛啊。那一刻，不需要畫蛇添足的說明，只要點個頭，便已彼此心領神會。愛戀的一刻。你是能用任何測量師也無法測量的方式丈量這世界，找出潛入黑暗中的地下莖、沉眠在地層裡的橋樑、沉入湖底的坑穴，畫出新地圖的人。

當萊卡犬與巴夫洛夫的狗、奧克塔維奧．帕斯與宮澤賢治交錯的瞬間，綻放出了青白光芒時，我下意識的回頭了。我很清楚自己為了執行如此行為所運作的肌肉早已失去了功能，只是長年習慣下來的動作軌跡依然還殘存在眼瞼背後的黑暗中。當然，你已不在那兒了，也沒有任何無言的頷首示意。唯有那在肩頭甦醒的指尖感觸，唯有那感觸，向我擔保了過往的記憶無誤，我寫在信上的這些那些都不是我因病而生的幻覺，知道這，讓我安心多了。

因為持續閉上眼瞼而得到了類似昆蟲複眼般、迥異於從前功能的眼球的我，以及眼瞳中蘊宿著晝螢之光的你。我們兩人會編織出只有我們倆才知道的通信方式，這也是一種必然的結果吧。我忽而想起忘了什麼時候，在日本第一次誕生出五胞胎時，發現他們在智力發展上雖然沒什麼問題，但開始說話的時間點卻比一般小孩子慢。因為五個人待在一起的時間遠比跟大人一對一相處的時間長，因此五人之間發展出了言語之外的溝通方式。

一想像起五個還不會說話的小嬰兒不曉得是怎麼溝通的，不禁就讓人想微笑。吐吐舌頭、拍拍大腿、吸吮手背、把手搖鈴揮來舞去、大口咬住對方額頭、吐出口水泡泡讓它破裂……，種種種種，唔，應該有什麼更嶄新更神祕的交流方式吧，但像我這種獲得了語言能力的人，就只能想出這麼乏味無趣的招數而已。

如果能在他們「說話」的時候去到他們身旁，靜耳傾聽他們溝通的方式，不知道會有多美妙。那時候會聽見的既不是聲響也不是話語，而是類似空氣輕微的震盪。一不注意，聽見的那什麼就又溜走了，我想，肯定是穿越了生活在還未有語彙之前的無止境的時光吧。若要勉強舉例的話，大概就像是蝙蝠的超音波、蝴蝶的震翅、大象的足音、雨過天晴的清早張開的蕈菇、飛落的樹葉……，總之是一些還沒有語言存在之前的什麼所散發出來的氣息。五個小嬰兒待在一個充滿了無言饒舌與奶香味的森林裡。

也許他們根本就沒興致想學習說話吧，我猜。就算不刻意學，對他們來說也沒有任何不便。五個人在覆滿了青苔的柔軟土地上圍成了一個圈，眼光追著從林梢間洩落在圈內的陽光，忽然被竄過的影子愣住，忽而又張大了耳朵傾聽在頭上旋繞的各種聲響，一個挨著一個。在那只有他們五人圍起來的圓圈之中，時光應該也萬般愜意。

但總是得要離開那和平森林的時刻終於到來了。五胞胎告別守護自己的樹蔭，各自走向荒涼的薩伐那[15]。儘管耐不住孤獨，心底有哪裡懷疑一切會不會只是幻覺，但終究一個一個，拾起語言的小石頭走了。

那樣的時刻，會按照事先編寫好的計畫縝密的來訪嗎？還是會意外的，只因為一個出乎想像的意外就突然來了呢？比方說，有一尾彎彎的魚兒從水邊揚頭看向陸地，開始對陸地產生興趣，某一日它忽然就把魚鰭攀向陸地上了岸，接著就進化出了兩棲類前腳那樣的偶然。這種類型的個體在五胞胎裡肯定也有，就是那種惹人憐愛、天不怕地不畏，在想之前就已經先行動的孩子。

那孩子最先注意到那與之前聽過的所有聲音都擁有明顯不同韻律、抑揚頓挫與音調的聲響。他要其他四個人也仔細聽。那到底是什麼？他們完全搞不清楚，只知道那好像是從某個自己不曉得的遠方傳來的聲響。聽來一如大象的足音那麼溫柔，也像蝴蝶振翅那般小心謹慎，可是也同時漂盪著一種帶有危險意圖的氣味，但也正是因為這樣，更引起他們好奇了。

第一個孩子首先踏出了圓圈。直到剛剛都還那麼漂亮的圍起來的圓圈一下子就打開了。五個孩子排成了一列，毫不猶豫的往聲音傳來的方向前進再前進。綠苔開始疏落了起來，林間洩落的陽光逐漸增強，天空漸次開闊，可是他們一點也沒留意。終於走到累得停下了腳步的時候，大象的足音、蝴蝶的振翅與牛奶的味道全都

⑮ Savannavu，稀林草原。

已經淡了，一切已然太晚。就算回頭，回去的路也已經被掩沒在林藪間看不見。接下來，就是把眷念的一切都留在森林裡頭，繼續前進了。應該不用太久，他們就會發現引得自己前來的那個聲響原來是所謂的「語言」吧。

此刻我回到了五胞胎圍成了一個圈的那片森林中。持續閉著眼睛後，我不知不覺走回了原本我以為找不到路了的那條回程入口。只是我一開始實在是很蠢的把剩餘的力氣死命給擠出來，試圖讓眼瞼底下的眼球能朝向前方固定，因為我想，按照病況發展傾向，萬一固定著眼球的那六條肌肉再也不聽我使喚了，最糟的情況下，我的眼球會滑到後方再也轉不回來了，這樣就算看護幫我把眼皮打開了，我也看不見任何東西。但我的擔心無疑是多餘的，因為為了要見識新世界而試圖獲得新雙眼的人，根本不需要捨不得因此而必須放手的舊世界。正因為兩者無法共存，才更有見識的必要。

我把裝滿口袋的小石子都給扔了。一躺在柔軟的青苔上，一陣令人眷念的喊喊嘈嘈傳入了耳裡。不知不覺間，我已回到了還不識得語言之前的自己。

只是，只有自己一個人，不免膽怯驚惶，即便只是像這樣書信往返間的短暫如幻的片刻，我也寧願有誰能在身旁。我這樣的想法會不會太自私了？我問了自己一次又一次，一次又一次，而浮上腦海的，除了你沒有別人。

五胞胎誕生後，有好一陣子報上每天都刊載了他們的身高體重。每天早上先看一看那個報導，成為我當時一點私密的樂趣。其實我跟他們一點關係也沒有，完完全全不認識，我也不是對多胞胎特別有興趣，或是想當婦產科醫師，只是不知道為什麼，那個欄位就是特別吸引我。

那是個很小的欄位，沒有文章，也沒有照片，只刊登了名字跟數字而已。五胞胎的性別分別是男、女、男、女、女。由於他們出生時是體型極小的早產兒，無論在身高或體重上當然都比一般平均來得小。加上不只是這五胞胎，一般情況下，小嬰兒剛誕生後有幾天會因為流汗與排泄而使得體重減輕。那幾天，我真是心神不安，看著那小小的數字又變得更小了，連早餐都快憂心得吃不下去。還好他們平安無事度過了生理上的輕減之後，數字開始一點一滴的往上加，就算只是0.1g、0.1mm也一定每天往上加。一點點、一滴滴，今天比昨天多，明天又比今天多。一點一滴，慢慢成長，這個事實讓我的心情被激起了漣漪。

出生時體型最大的老大，果然穩穩端出了漂亮的數字，相比之下，最晚出生的老么就有點不利了。她肯定還在娘胎時就算有點委屈，也是個沒有埋怨過半句的孩子吧。不過她的數字增長有種其他四名手足所未見的韌性。另外也有成長曲線中展現出了一種自由風格的孩子，也有宛如扎根大地一般穩穩往上增長的孩子。

其中我特別掛心的，是倒數第二的女娃。其實她一出生就陷入了緊急狀態，要不是小兒科醫師趕來救命，恐怕就……，情況曾那麼不樂觀過。

「加油！」

我盯著社會版上的一個角落低聲的說。我這一輩子，從沒有像那時候那樣，那麼直爽的說出那一句話。

「好好，就這樣繼續加油。」

我直接就站在玄關把報紙打開來看，連等進屋內後再看都等不及。

「好孩子好孩子。」

我對著倒數第二個娃兒特別這麼說，

「就是因為妳這麼加油，五胞胎才能是五胞胎呢。」

我在腦海裡浮現出不管是再小的小嬰兒應該都有的那些腳踝的圈圈、手背上的凹窪、還沒十分固定的軟溜溜的臍帶、黏在手心中的亂線、沾著口水發亮的嘴唇，明明不曾近距離看過什麼小嬰兒，為什麼能這麼鮮明的想像出來呢？真不可思議。就這麼想像著、想像著，他們的形象愈來愈鮮明，我感覺好像只要一伸出手就能擁抱住他們一樣。

「真是太棒了，差一點就要變成四胞胎了。」

那時候的我還只是個小女孩，也許在我的腳掌底下，還留著踩上森林青苔時的觸感吧。我可能只是覺得，五胞胎圍成的圓圈好叫人懷念。要圍成一個圓，只有四個是不夠的，一定要有五個。所以我一直拚命祈禱。

小女孩都對自己出生前的記憶感覺懷念，比起未來，過去更讓人感覺親切。小女孩從不曾想過自己的身體將來也能孕育出小嬰兒，完全不知道將來會愛上什麼樣的人，但那一點也無所謂。

我已經完全忘了，你說我們去山林牧場看馬那天我在旅館裡講過一個住在百葉箱裡老人的這事。不過我倒是還記得我們在人工湖裡划了船。那時正值盛夏假期，乘船處排了好長的隊伍，人多到搖槳的人彼此間還得小心不要撞在一起呢。不過我們還是一直划到了時間結束為止，一點也不在意。只要眼前有船，我們就會過去划，即使是下了一點雨或甚至剛參加完了喪禮還穿著喪服。因為那就是我倆的主意。

孤單單浮在朋友別墅庭園小沼澤裡的一艘小船，路過的公園裡的出租船，溯溪而下、遊樂場、渡船之類的小舟，旅遊地點看見的船，在競艇賽場時朋友特別讓我們搭乘的裁判艇⋯⋯，跟你一起搭過的所有船我統統都還記得。從最早在宇宙射線研究所儲水槽裡搭乘的那第一艘小舟開始，到最後⋯⋯（最後那如今想起來我都還是有點難過，就不提了）。最初那艘在儲水槽裡的小舟當然很特別，另外還有一艘就別種意義來說也是很令人難忘的，就是指揮家K來日本巡演音樂劇《玫瑰騎士（Der Rosenkavalier）》時的最後一場，在表演廳附近池塘裡我們划的那一艘吧。我想我這麼說，你一定不會反對。

我們兩人那一次是多麼的想聽那場演奏會啊。但那次票異常搶手，剛開賣沒幾分鐘就全被搶光了，我們這種沒錢也沒門路的人實在沒什麼辦法拿到票。K那種性格難搞的演奏家時常取消演奏會，加上年歲已高必須考量到他的身體情況，大家都說那次應該是他最後一次來日本演出了。我們當天之所以明明沒票還跑去會場附近，倒不是因為想離他近一些，享受一下能聽見音樂的幻覺，我們才沒有那麼熱血，而是實在不甘心，不知怎麼的兩個人就出了門，也沒商量，一回神過來人已經在池塘小舟上漂呀漂的。

就在一旁抬眼馬上就能看見的演奏廳裡，K就拿著指揮棒正在裡頭指揮，可是池子中一片悠閒愜意，一點也不在乎那似的。池上泛著幾艘繽紛的天鵝船，闔家遊客與情侶響亮的歡快笑聲中我倆只是默默划著手划的船前進。從旁邊近看，那些天鵝全都有著黑烏烏的大眼睛與長睫毛，有些還很大方的讓海鷗停在自己頭上或背上休息。偶爾從動物園的方向會飛來成群水鳥，挑起水花降落在池面上。叢生的水草底下，隱約可以瞥見有烏龜窩著。那是個晚風開始吹拂、氣溫開始冷涼下來的傍晚時刻。

圍著池畔生長的一堆櫻樹裡有一根不曉得是被雷劈中了還是壽命已盡的山毛櫸混在裡邊，倒掛在水面上，就在那裡，有一艘小舟的模樣看起來很奇怪。一開始是我發現的。就在池畔蜿蜒，緩緩畫出了個凹窪的地方。

「那裡——」

我一指，你馬上掉轉船頭。我們愈靠近池畔，感覺風兒好像逐漸減弱，水色也愈來愈深。

那艘小舟的船頭被困在岩石跟倒臥的樹幹之間，稍微傾斜，有一根槳也被水中凌亂的雜枝給困住，搖槳人正在奮力的把槳拔出來。站在小舟上的是一位初老婦人，身形乾瘦，滿臉皺紋，很窮相、很瘦小的人，看來已經被困得動彈不得，掌心都紅了，額頭全是汗。

「還好嗎？」

你一問完馬上巧妙的把小舟划近，小心翼翼從我們的小舟上站到她的小舟上去。

「呃……我……不知道怎……又……不好意思……」

女人嘴裡嘟嘟噥噥的只是一逕低著頭。

我抓住對方的船緣，以免兩艘舟盪開，同時邊看著你們講話。心想這也太離譜了，怎麼會一個又弱又小看來也沒技術，而且還是上了年紀的女人自己一個人跑來這兒划舟呢？雖然我也講不清我們當時怎麼會在那裡，但不管那，我還是眼睛骨溜溜的肆無忌憚觀察她。

她一下把過長的黑色連身洋裝裙襬拉起、一下子捲捲袖口，一下子又喀喀噹噹弄響了固定船槳的五金零件，就是因為她那樣動來動去的，小舟也搖搖晃晃，害我一直提心吊膽，擔心你腳下不穩。她那模樣，看起來簡直就像是不想讓人看見自己的糗樣而正在忙著想該怎麼矇混過去，而不像是看見有人來幫忙而鬆了一口氣。

不過你壓根也沒注意到，你只是一個勁好意想幫忙眼前這位有難的人。你使盡了各種方法，努力把槳從那出乎意外緊緊纏在折斷的樹枝、成團的枯葉與垃圾等等的草叢裡拔出來，往岩石推，想把小舟給弄出那個地方。每次小舟一斜，你就掛心的看看那女人，用眼神問她是否還好。我再仔細一看，有一半被埋在斜坡泥土裡，一半被水波沖滌的山毛櫸幹上的樹皮已完全剝落，白淨得一點也不像是樹幹，反而快讓人誤以為是沉在濁水裡頭的白骨。

她蹲在你腳邊弓著背，整個人看起來又更瘦小了，眼睛骨溜溜的，下巴很尖，脖子乾皺，看得見衣服底下浮現的一節一節的脊椎，感覺好像她自己就是從那混濁的池水中撈起來的骨頭一樣。遠方那些眼睛清亮的天鵝船，看起來沒有半艘打算靠近我們。

「好了，不用擔心了。」

一留神，你已經把小舟救出來。

「不介意的話，我幫妳划過去吧？」

你表現得就是那麼紳士。

「不用了不用了。」

她慌慌張張的婉拒，我第一次聽清楚她說話的聲音，而她好像也被自己的聲音給嚇著了，又開始低頭弄響小舟上的五金零件，不過我們那時已經沒什麼好幫忙了。

「那麼，妳小心划喔。」

你擺動船槳，打算把小舟再划回池子中央，就是那個時候。她忽然從口袋裡掏出一張紙，不容分說就塞進了我手裡。

「這是一點心意……你……們不介意……只有這個……」

她又恢復了吞吞吐吐的講話方式，我差不多只聽出了一半，但感受得到她是想以自己的方式跟我們道謝。我一開始以為那是錢，趕緊要還給她，但她握著船槳忽然就掉轉了船頭，我還來不及叫住她，她已經划走了，一點也不像她外表看起來

那麼孱弱。那細瘦的手臂以出乎想像的勁道把船槳擺向水中，掉轉過去的船頭邊悠悠然往外盪出了左右對稱的優美水波，看得我倆只能望著那軌跡發愣。

等她的小舟混入了那些天鵝船之間消失後，我們才發現，捏在我手中的原來不是錢，而是《玫瑰騎士》的演奏票。我們倆嘆了口氣，把那票對著正要下沉的落日確認了一下，但當然我們也不知道到底該怎麼確認，也不是有意懷疑她，只是需要一點時間來接受這發生在自己身上的奇妙情況。

可惜我倆沒有時間猶豫。演奏會就快要開始了，而且那時比起那張票是真的假的、那位初老女人到底是誰這樣的疑問，我們意識到了另一件更為嚴重的事。那就是，票只有一張。

後來我們決定猜拳。最公平的辦法。我們享受那出乎意料來訪的偶然，微微笑著輕輕伸出了一隻手。不知何時，小舟已隨水波漂流，倒落的山毛櫸樹幹混在了櫻樹裡頭逐漸模糊。小舟靜靜的搖晃，從船槳前頭掉落了水滴。

猜拳結果，你也曉得。那一天，果然一如大家所料，成為K在日本指揮的最後一場演奏會。

她到底是誰呢？至今我們仍然不曉得。只是我讀了你信上提到一瞬間倏然從儲水槽底下竄過的黑影時，忽然懷疑那會不會就是她呢？你說那是沒有實體的心思，屬於你我的，沒有實體的心念。但那依然不矛盾。她該不會根本不是剛好從那池塘的乘船處划出去，剛好困在那裡吧，而是特意從宇宙射線研究所的那個注滿了超純水的圓柱形儲水槽底下鑽出，刻意穿過了長長的地下莖，出現在我倆面前？剛好就在那倒落的山毛櫸木下，有個連結了地上與地下、此岸與彼岸的隱密通道入口？我是這麼覺得的。那入口，大概也能通往那五胞胎圍成了一個圓的森林。

搭著小舟的有你跟我，兩個人。她明知道，卻只給了我們一張票。她是為了遞給我們唯有一人能被允許入場的票而出現的，為了要把我們兩人分成這邊與那邊，一個與另一個。

但我們卻全然不覺傻呼呼的猜了拳，真是多麼天真無邪哪。

你還記得觀測中心的人說，那些為了檢測出契忍可夫輻射而裝滿了儲水槽內壁的光電倍增管，全部都是由匠藝超群的玻璃工匠們一根根吹出來的嗎？可是要能夠吹得出直徑長達五十公分的大型玻璃管的，只有寥寥數人而已。

觀察微中子以解開宇宙奧祕的人當然值得尊敬，可是吹出了超過一萬根巨型玻璃管的人也同樣偉大。那時候我們待在儲水槽中時，想來就是被包圍在某些素不相識之人的氣息之中。難怪那機構那樣機械化卻完全沒有半點冰冷的氣息，想來是空間中滲透出了人的氣息了吧。

發生在那所機構最嚴重的意外，是某次在交換光電倍增管時，底部有一根倍增管破裂了。震波引發的連鎖反應導致有將近八千根光電倍增管破裂。

當我想起跟你在小舟上猜拳的那件事後，心頭上忽然湧現了意外發生的當下應當是響徹了儲水槽內的聲響。雖然沒親耳聽見過，但就在我浮想起一遍又一遍之間，那聲音已完全固定在了我耳膜上，感覺就好像真的聽見了。

那是一段美好的音樂。不可能不美。一口又一口接連被釋放出來的氣息相互共鳴，譜成了合音，孕生出了旋律。純粹的水、清透的玻璃與光正在震盪，響聲將你我團團圍住，通向宇宙。那是沒有其他任何存在能演奏得出的僅此無二的歌劇。

經過那次事件後，光電倍增管被包圍在以壓克力與纖維強化塑膠所做成的防止震波外散的外殼之中，以免只要有一根破裂，其他也會被波及。如今我們的歌劇，就在舊礦山地底下被用心保護著，一點也不必擔心。

「講完了嗎？」

請讓我澄清一下，我這口頭禪絕不是對於你的話題結束得模模糊糊感到不滿的展現。就像我在信上屢次提及的，我這個人對於關閉起來的狀態最感到安心，比任何情況都安心。管它是縝密也好籠統也好、有趣也罷無趣也罷，只要讓我知道，一切都關起了，我就安了心。所以我那句「結束了嗎？」只是我的一把花邊剪刀，是我把這世界剪下來，封存在一枚郵票裡的那把剪刀。

五胞胎聚在一起關成了一個圈，光電倍增管也被關進了堅固的外殼裡，一切都不用擔心了。

這次的信，就先寫到這裡吧。

寫於看護告知彩虹出來了的向晚時分——

附記：

你真以為巴夫洛夫的狗在實驗結束後，會有人幫牠們把嘴巴上的洞給補起來啊？你這人還真是善良過頭了。一個宣稱狗兒沒有靈魂的博士，又怎麼可能會特地費工夫幫實驗完的孱弱狗兒付出點什麼呢？那個在牙醫診所候診室內不斷窺看博士在實驗室裡樣子的少女，在此可以直接跟你說，那博士從來不是那樣的男人。

第 8 封

謝謝妳的信。謝謝妳特意附上了一枚塗上了淡棕色系色彩的貨船郵票，看起來好像是某個國家的郵輪，而不像是虛構出來的海運業者呢。我猜這年代大概是一九一五年左右吧？因為我手上也有好幾張像這種船舶的明信片，應該沒錯。妳這郵票大概又是從湖畔之屋那個剛好適合妳身形、略低的寫字櫃抽屜裡頭拿出來的吧。以前妳沒看書或編織的時候，就會打開放有郵票跟從舊雜誌上撕剪下來紙張的那個抽屜，享受拼貼樂趣。妳說，拼貼這種事，雖然要貼些什麼、怎麼排都可以自己決定，可是材料是別人提供好的成品一部分，在這種侷限之中蘊藏著不同於繪畫的對話魅力。我記得妳的確這麼說過了好幾次。

我考上動力小船駕照的那一天，妳送了我一枚妳特別喜愛的拼貼作品為我慶祝。那是張主題很奇幻的作品，一艘被風吹飽了風帆的帆船，低低飛過了小山丘上一座頹圮的斜塔，從上方垂下一道看起來很不牢靠的繩梯，梯子底端有一些捕魚時用的那種偏藍的玻璃球碎片看起來像星辰一樣。我所拿到的那個駕照，是只能駕駛五噸以下小船的航行於平水區域或五海浬之內沿海水域的在當時各種船舶駕照中屬於最低等的那種，可是看了妳給我的那張拼貼作品後，我感覺好像自己連飛機也能開了。不曉得那個混合了天空與海洋的世界，現今是否依然在妳眼瞼底下開展著呢？讀完了妳寄給我的信後，我忽而想起了這件事，於是把仔細夾進素描本裡的那張拼貼送去裱褙了。等它裱褙回來，我再好好用文字把它重新對妳訴說。

不過妳那向來的忠告，我就謝謝妳的好意心領了。妳總是略微壓著笑意說我人也善良得太過頭了，只看到別人良善的一面，不曉得這樣被妳勸告了多少次。每一次，我們也總是展開一樣的對答——不屬於善的，不見得必屬於惡。這世上存在著許多支承著不願屬於任何一方，只願停留在混沌狀態意志的語言。從以前，我就會把這種沒有特定形狀、屬於中間氣質的東西先收進自己身體裡面，將第一直覺就能看清輪廓的、容易了解的部分視為毋寧是非善之物，在心中輕輕燒去。被硬塞過來的各種容易了解——或者應該這麼稱呼才對？我將自己對於這類存在的氣惱先擺在一旁，伸出指尖輕輕撈起悲傷的薄膜，將真正的喜悅放在別處。這段作業所需要的時間，視情況與內容而異，有時一瞬間就結束了，有時好幾天甚至幾個星期都得面對這樣的狀態。當這個過程順利結束後，留給我的，是不能被歸為正、也不能被歸為負的純度更高的隱晦不清。當然，那裡頭也會包含非善之類，可是就經驗上來說，那屬於非善的量已經被壓抑到了最少最少、能夠活化出善的份量。而永遠也會有些存在溢出了我的選擇範圍，對於那些，我想我也都一直大事珍重，只是那些不會被擺在檯面上，因此別人看來我好像總是傾向於正的一方而已。

我這種定量化排放情緒的作法，有時候會成為我招來誤解的原因。不少人對於外表看來冷靜之人會展現出奇特的反感。很久以來，我已經放棄了，放棄能有人理解我內裡爆炸的過程，但妳，唯有妳，清清楚楚看穿了我的心內風景。一開始我很困惑，為什麼妳會這麼理解我？但一起生活之後我便逐漸懂得了，那就是，妳也一樣，其實妳也在別的次元進行跟我一樣的作業，只不過妳的心明眼亮更多是發揮在洞察侵蝕善者的一方。要切割、消除掉任何一方都是不可能的，無論是善的部分，抑或者是不屬於善的部分。消除掉其中一邊，另一邊必定也會被消抹掉一部分，自己也會被消抹掉一些。這種超乎了倫理、而更屬於生理性層次的架構，唯有妳，以妳水晶球的清透讀懂了我。

讓我們得以找到身而為人的安定的，並不是腳下踏著的大地，而是搖晃的水上，又或者是持續著那份晃動的環境。事實上，我們兩人共有的回憶裡也應該沒有太多地方是腳下能夠實實在在踩踏著的，當然，我們曾一起去過的這兒那兒的風景、相靠的肩頭之間穿過的風兒觸感、風過之後的氣壓變化，這些，身體都確確實實還記得，只是凌駕在這些應當熟悉的回憶之上的，無疑是我們遵循「只要眼前有船，就會過去划」的這條不成文規定時的相關回憶。妳在信上說，妳全部都記得，我當然也是。我們是一路在各種腳踩不著地的地方這樣交流著語言過來的。

說起船，不由得想起尚・雷諾瓦⑯的電影。郊外河畔垂柳綿延，掩面般的輕拂臉頰，在淙淙水聲間依然聽得清楚說話聲，水面燦燦亮亮。那之後，只要迎著那兒略帶淫靡的味道而去，小船便會在別的意義上搖晃起來，或許稍微缺乏一點安定感也說不定，不過我們的小舟，跟那些所謂泛舟嬉戲在基本上感覺是完全不同的體驗。我們交流著語言、我們領會著語言，有時一進、有時一退，在那夾雜了愉悅與緊張感各半的空間中，我常會被一種感覺所襲擊，感覺彷彿妳我的磁極正在調換之中。我們絲毫不覺奇怪的往原本是北方的南方前進、往原本是南方的北方前進。在妳與我之間，原沒有所謂的對極，只不過是我倆朝著同樣方位前進之時，地軸與磁極也不知不覺間改變了而已。發生這種現象的場域大概是在水上、在水下、在水底吧，那正好也是足以做為連通工具的幽細闃暗的小徑。

還有那不忍池的小船。那東西搞不好就是沒有被完全燃燒乾淨的「剩餘之物」所形現的幻現。就像是潛水用的治療池與宇宙微中子觀測中心的水槽在底下是相通的一樣，搞不好那池子，也正好是發生時空撓場的地點？當時我確實感知到了黑色的心思，我將那用心底偷偷掩藏的瓦斯槍燒去之後，循著妳手指出的方向追著那位女士的身影，等我一回神，已經把船划到了她的小船旁邊。我想妳看得沒錯。我讀了妳的信後，那一天、那一刻的空氣又再度鮮明甦醒了過來。妳說她是「身形乾瘦，滿臉皺紋，很窮相、很瘦小的人」，我把船靠過去的那一瞬間妳已經掌握了這些資料，我卻連那個小小的人的年紀或被說是窮相的那張臉龐都沒有看清楚過，只一心一意想要看清就在她手前方、那在水底下纏住了船槳的不明障礙物的真貌。該施多少力把哪一個東西拉過來才好呢？我同時留心著自己腳下踩的另一艘船的晃動、幫忙撐穩的妳的手臂以及我們那艘小船這三種狀況，一邊想揮去心中的剎那妄想，我感覺那根被剝了皮白骨似的山毛櫸枝幹，似乎正把什麼魔法傳上我手臂，讓

⑯ Jean Renoir，1984～1979，知名法國電影導演，印象派畫家皮耶・雷諾瓦次子。

我感覺她正在幻化成一副白骨。

我同時留心著自己腳下踩的另一艘船的晃動、幫忙撐穩的妳的手臂以及我們那艘小船這三樣狀況，一邊也在心底揮去那根剝了皮白骨似的山毛櫸枝幹似乎正把魔法染上我手臂，讓我幻覺她似乎正化為一副白骨的剎那妄想。

我想妳大約也看見了吧，因為妳也注意到了她正拚命想避免些什麼的那副神態。妳應該也清楚看見了沉在水中那看似人骨的化影。我一開始以為她是不是掉了什麼重要的物事，因為我瞧見了一個看來像是黑色錢包的東西。現在想想，那裡頭該不會就有另一張她送我們的那場音樂會票吧？本來成對的東西，是不太會只把其中一個讓給別人的，因為不但寓意了分離，也將讓出者的過去給一併交了出去。

不過那時候，我們到底為什麼會猜拳哪？我想那應該不是妳腦中的幻想，而是真實發生過的事。只是我現在只清楚想得起來，自己幫那個小小的人努力把她的船槳拔出來的過程，而且像我這麼一個（雖不完全但是）善意的化身，又怎麼可能會不大大方方的把那張票留給妳呢？我是這麼想的。因此我花了一點時間才把當時那些影像又再次在腦中倒帶出來。我贏了，猜拳的贏家是我。贏的瞬間，我好後悔自己怎麼會那麼沒神經哪，畢竟妳是一個只會出拳頭的人哪。而我，我只會出布。結果當然不言自明。妳笑著說，你這個人怎麼只會把手打開哪？我也回說，妳這人怎麼只會握拳頭呢？布，是白紙，既不是有顏色圖案的包裝紙也不是報紙也不是油紙，而是全新的、接下來即將會出現皺痕的、會破碎的紙。會包起，所以會破；不堅硬，所以能夠包覆。只要好好包起了，之後就算用剪刀把它剪碎剪破也沒關係。我之所以會出石頭——妳說——是因為它可以關閉，是因為它可以展現出不願打開的意志，是因為，我討厭剪刀。我們兩人意外拿到了只有一張的門票後所出現的反應，除此之外，我想不出別的解釋。也就是說，妳在那當下就已經瞬間做出了能夠把票讓給我的舉動。如果那場不是《玫瑰騎士》，應當就不會那樣了。如果不是由K來指揮，我應該也不會帶著摒除了一切善意的信念跟妳猜拳了。

妳說你快去吧，別管我了，用跑的，以免趕不上。但我們在這兒分開，妳接下來要去哪裡？妳該不會想像奧克塔文伯爵[17]一樣，變裝出現在我要去的地點吧？一講起了《玫瑰騎士》，我們倆之中的K便會分裂成兩個。一個是一直畏懼著自己父親幻影的K，另一個是只畏懼過自己的K。我們兩人在妳那一直擁抱著幽暗、根本毋須把電源關上的迎接了我之中另一個我的房間裡，一起聆聽了屬於後者的K所留下的音源。聽著那明明是二十世紀的作品卻彷彿十八世紀風味的極其滑稽、讓人強烈意識到了即將來臨的終焉已經掀起了序幕的演奏，我們一邊交換著感想說，這裡很棒耶、那兒好突出啊，最後也總是會聊到作曲家與劇作家的共同作業這樁事。這兩者的意見畢竟不可能完全一致，既不可能只成就出了善，也不可能只成就出了惡，裡頭存在著語言與音樂的衝突，存在著任何一方都無法完全燃燒的幽影在蠢蠢欲動。

負責創作劇本的詩人霍夫曼史塔[18]說，即使決定加上音樂，在創作的時候也不能把音樂當成依歸，不能選擇容易譜上曲子的、只為了故事進展而選擇的語言。要是過度依賴音樂，最後劇作家會連人物的描摹都變得仰賴作曲家來決定。《玫瑰騎士》是作曲家與詩人首度正式合作的創作，但沒有發展成所謂的歌劇，大概是為了在南北兩極間取得平衡吧，他們的作品以「為了音樂而寫的喜劇」問世了。詩人在信上寫道，某一天，他忽然得到一點關於這齣滑稽喜劇的想法。舞台設定於瑪麗亞・特蕾西婭時代的維也納，要採用類似莫里哀那樣性格分明的角色設計方式，寫出一齣盡興的喜劇。兩人不斷多次來回討論了之後，在一九一一年，差不多只是一年半後，便將創作推向了首次公演（「推」這個動詞也已暗示了小船的搖晃呢）。

⑰ Octacian，《玫瑰騎士》中伯爵夫人的情人。
⑱ Hugo Laurenz August Hofmann von Hofmannsthal，1874～1929，奧地利詩人，與理查・史特勞斯合作多部作品。

作品大為成功，為作曲家奠定了不動如山的地位，但詩人這邊似乎沒有給予音樂全面好評，他對於作曲家採用華格納風格的某些聲音表現並不是非常滿意。

詩人出生於一八七四年的維也納，家族原是捷克的猶太後裔，後來祖父與父親又各自與義大利及德國女子結婚，因此混了三種血統。一九二九年辭世。當時詩人正忙著準備剛於兩天前自盡的兒子的喪禮，忽然中風倒下，就此溘然長逝。但反正就算他如果再多活幾年，搞不好會被送上顯然不屬於善的那一方的列車，被送進接了接戶線的房子裡。兩人合作的最後一齣創作《阿拉貝拉（Arabella）》的首次公演發表於一九三三年七月，詩人歿後四年。這個年份代表了什麼意義，我想不需要我多說，那是將組成這世界語言之一的存在本身給破壞摧殘、四處撒下黑影的一名魯莽男子當上了總統掌握政權的那一年。當時原本決定為首演指揮的指揮家以及舞台監製，由於對這男人所率領的政權提出異議而亡命他國，作曲家則留在國內，找到了替代人選讓公演順利完成。當年我倆享受《玫瑰騎士》的音樂時，對於這作曲家在這一年所展現出來的，在後世看來實在太過不夠謹慎的種種輕忽大意並沒有做太多討論，但如今，我光是稍微看一下他的簡略年表都忍不住要輕輕喟氣。作曲家當年接下了原本要為B愛樂指揮的W所留下來的工作後，在次月又簽署了一份反對某逃亡瑞士的作家所發表的反對將華格納利用於政治目的上的複雜聲明，甚至還為了填補拒為《帕西法爾（Parsifal）》指揮的T所留下來的空缺，出任了帝國音樂院[19]的首任院長。雖然也有些聲音替他辯解，卻依然無法掩蓋無法燒光的負面成分。

妳還記得我們有時候會用我請幫我們調整小船引擎的工廠師傅做的真空管擴大機播放《最後四首歌（Vier letzte Lieder）》來聽吧？那是他在被追究協助作戰

⑲ Reichsmusikkammer，納粹德國基於宣揚國家社會主義而成立的音樂機構。

的究責審判結束後，所寫下的一齣非常傑出的作品。到現在，我還清楚記得妳聆聽那擴大機放出來的樂音時臉上柔和的表情。妳大概是鎮日聽我的打字機聽得疲憊了，正讓那帶有豐富層次然又不至於吵雜的樂音暫時舒緩一下疲憊的耳朵吧。那時候的我，則望向了妳擺放在剛才我說妳為了拼貼而剪下來的一些材料的那個小抽屜旁的《安妮的日記》書背，心中被一些複雜思緒給絆住了。最毋須把那種思緒外顯又最容易與人聊起的題材，當推《玫瑰騎士》莫屬。玫瑰騎士指的是替人傳達求婚訊息的使者。在戲中，負責擔起這任務的奧克塔文在與愛人伯爵夫人密會時，因為伯爵夫人一時興起，讓他假扮成了伯爵夫人的某位伯爵表弟，另外他也在其他時候假扮成另一位表妹。這個角色與《費加洛的婚禮（Le nozze di Figaro）》之中童僕凱魯比諾（Cherubino）的角色一樣，都是同時具有兩性之美的一種中性存在。那個出現在不忍池的滿臉皺紋、一臉貧相的女士，搞不好就是他們所喬裝的一例。所以正如妳所觀察到的，她大概是想隱瞞住自己並非來牽紅線，而是來拆散別人的使者這樣的身分吧。而如果要有人承擔被誘惑得連猜拳結果都等不及的角色，那這個被騙的人當非男人莫屬了。

你快去吧，用跑的。我照著妳說的做，但心底其實偷偷期待妳該不會至少會陪我到會場入口附近吧？真是很難為情，我那時候連續好幾天一直對著書桌推敲我那不知道什麼時候才會完成的敘事詩，再加上那齣船上的奮鬥劇之後，我兩條腿已經疲了，上半身跟下半身分成了兩半，怎麼樣也沒辦法往前進。我跑呀跑，腳下還是一直空轉，連自己都受不了自己居然連在陸地上也腳不著地了！等我就這麼努力衝到了會館大廳時，裡頭已經擠滿興致高昂的聽眾，我再次把票拿起來確認，一邊難以相信那居然是最貴的座位，一邊把票拿給檢查的人看。問題是我驗完了票走進去之後，一位穿著西裝的工作人員從背後追了上來，說很不好意思，可不可以麻煩您再把那張票給我看一次呢？我很直接就拿給他，他說，「請您稍待一會兒」，接著不知從大廳那兒打了電話給誰，開始一邊查著一本看來像是簽名簿的本子，一邊神情緊張的講著電話。我在等他的時候又走回了入口附近，想找看看有沒有妳的身影，心底暗自期待妳該不會正躲在哪裡偷偷看著我吧？工作人員打完電話後往我走來，非常抱歉的說，不好意思，您的票似乎是仿造的，那個座位的聽眾已經入座了，而且那張票，是透過我們裡面的人交出去的票，票源很清楚……。一陣小小的沉默流過。票不可能會重複，請問您是在哪裡買的呢？我直接告訴他，我不是花錢買的，我是剛好碰到一個人。就在剛才，一個不認識的人送給我的。工作人員不由得也歪了脖子。是啊，這麼明顯一定會客滿的一場演奏會，居然有人會覺得用這種假票就可以混進去，也真是太奇怪了。

那張票券，那張紙，該不會是寄給我們兩人的一封沒有貼上郵票的信吧？是有某個人為了告知我們即將來臨的不由分說的離別，而超越了時空出此下策？我如今陷入這種妄想之中。當年我無奈的走在公園裡，反芻著晃動的小船上那名女人的詭異神態，心想她該不會是有什麼歉疚的事情吧？在畏懼著什麼嗎？或者說，她是為了告知我們一些什麼事情而來，一如《阿拉貝拉》公演後十年發聲的，那些批判政權與訴求非暴力的白玫瑰運動的學生們所訴求的主旨而來？

說到船，我還有件事要告訴妳，是跟《安妮的日記》有關的。忘了之前什麼時候我也在信上跟妳提過，安妮躲的那幢房子前面有條運河，河上停了船屋。聽得見船東養的狗吠聲，可是看不見整條狗的樣子，只隱隱約約稍微可以瞥見尾巴。在妳那樣仔細認真，簡直像著了魔而不是解說一樣的跟我提起她的生平之前，那位少女留在這人世的文章，老實說沒有在我心裡佔掉什麼空間。她那種把日記看成是朋友一樣單方面訴說的手法、全家人在該逃離時卻未逃離，反而選擇了躲藏的這種好像猜拳時出拳頭一樣的反向操作、既隱閉又未隱閉的一家人的抉擇，讓這個女孩子的思春期濃度一下子飆高，內在的壓力竄升，連沒有被完全燒光的那些厭惡的碎片也被她化為了語言，這種種，都是妳告訴我的。但即使是在那樣壓迫的空間下，少女依然勉力向學、規劃未來，這個事實打動了我的心。我現在忽然想起的是她在一九四二年十月十四日的記述。她不是說她前一天練習了法文嗎？她說她翻譯了某部作品的其中一章，把不懂的單字寫在了筆記本裡。那部作品的名字叫做《尼維爾內來的美女》，在日譯版《安妮的日記》裡頭後面被加上了《Le Belle Nivernaise》的註記。然而這本書以前被介紹到日本的時候，是被譯為《川船物語》的，書名擷取自原書副標題「一艘船與它的船員」的意譯。書是阿爾封思．都德⑳在一八八六年為了他兒子而寫的一本小說。我從前沒注意到已經有了日譯版，去讀了一本有插畫的老舊原文版。那本書的文體很淺白，剛好適合讓外國人拿來練習外文。

我要是沒讀過都德那本書，不知道尼維爾內來的美女是什麼，大概在讀到安妮那段記述時就不會注意到了。尼維爾內位於現今涅夫勒省（Nièvre），省會在一個叫做尼維爾（Nevers）的地方，也是電影《廣島之戀》裡女主角的故鄉。不過在都德的書名裡頭那是一艘航行於河川的船的名字。不忍池、小舟、《玫瑰騎士》，這幾個轉啊轉的讓我連想起了安妮的側臉，跟著尼維爾內來的美女也甦醒了。再從尼維爾內到尼維爾、到忘懷不了過去與蓋世太保一段情的女主角在戰後生活的電影，我這原本就搖搖晃晃的腳下如今便如此一般變得更不穩定，在失去了妳的纖線為我撐起的救生繩後，我連話也說不出來了。《尼維爾內來的美女》應該可以被歸入一種「無家可歸的小孩」之類講述棄子的故事吧？故事從一個酒鬼船長因為酒喝多了，在巴黎老街區撿回了一個正在哭泣的無家可歸的四歲小男孩開始。這艘空有一個美女名號的老船是一艘專門去塞納河上游批入木材、運送到巴黎批賣的破船，船身到處浸水，再不趕快修理都已經快要沉了，可是船長有兩個年幼稚女，生活過得捉襟見肘，實在沒有餘力修船，但問題是他又是個名副其實的爛好人，性格有些

⑳ Alphonse Daudet，1840～1897，法國小說家。

魯莽，決定儘管家境不寬裕還是要再多添一張嘴巴。船長太太當然很反對囉，但看到小男孩馬上就跟長女打成了一片的樣子，船長也真心戒酒、認真工作了，她也就接受了。小男孩很順利長大，開始幫忙家裡工作。

這些情況一直都被船長一位當製船師傅的朋友看在眼裡。他是一個獨居在森林裡的怪人，有一天，忽然跟船長說，你那個男孩子就讓給我吧，我其實有個失散的兒子，要是還活著應該也這麼大了。他這麼跟船長告白了大半輩子的祕密。原來這師傅從前有個深愛的妻子，也生了個兒子，全家人在經濟上並沒有什麼困難，可是師傅有個壞毛病，就是太愛看見財富增長了，於是他要求剛生產完的妻子去外頭當人家的奶媽，說兒子他會照料。妻子不願意，她不想跟剛生下來的孩子分開，可是丈夫怎麼樣也不妥協，她無奈之下，只好帶著男嬰去巴黎，因為要應徵當奶媽，得先證明自己孩子的健康狀況沒有問題，被確認過了孩子養得好不好、出奶有沒有問題才應徵得上。妻子餵孩子喝了離別前最後一次母乳之後，將孩子交付給了所謂的「託運行」。當時有一種斡旋業者，會幫忙把孩子送回家，其中有些不肖業者會欺騙這些母親，把孩子偷偷賣掉。雖然這位師傅的妻子沒有遇上這種壞人，可是她託付的那個女人卻在車站告別之後就不知去向。師傅的妻子得知這個噩耗後不禁病倒，不久後撒手人寰，而製船師傅為了贖罪，也一直強迫自己過著孤獨的生活。說到這，之後的發展妳應該也不難想像吧。

老實說，我是看了都德在這本書裡的用法後，才學會了那個意味著「託運行」的單字。似乎在某一個時期，那些託運業者會同時幫忙託運好幾個嬰兒，而不是單只託運一個，一次四、五人。那些還不會走路也沒有血緣關係的小嬰兒，就這樣被放在籠子裡移動。到底要被帶到哪裡去呢？還見得到母親嗎？他們可能會像被拋棄的棄犬一樣彼此依偎，用還不成語言的語言彼此打氣，在馬車裡、在火車上又或者是在船上承受著旅途搖晃吧。也可能會像妳信上提到的那五胞胎一樣，為了避免自己的意思太容易被大人們摸透，而故意延緩自己的成長速度吧？

不過我真沒想到妳會提起那五胞胎的事。我們這個世代的人，大概沒有人不曉得他們的事吧，只是我之前一直忘了，直到妳提起。當時拚命為那早產兒中的早產兒——那個女嬰祈禱的，恐怕不只有妳，就連我，我也一邊被那新聞中出現的「排卵誘發劑」這聽來很嚴重的字眼嚇得心裡惶惶的，一邊盼望那五個兄弟姊妹能一直維持著五個這個數字。不過我一方面也懷疑，大家到底為什麼不能還給他們清淨呢？他們應該都已經奮戰得筋疲力竭了，到底為什麼還要讓他們更累呢？儘管當時我自己不過也是個孩子。我忍不住懷疑，那些被電視或報上消息給吸引得想知道更多枝微末節的人，難道不覺得反而會讓那些嬰兒的情況惡化嗎？要是讓現在的我來說，我會說，當時那情況是一億個託運行一齊把剛被誘惑到這世上的孩子在還沒形成語言之前的語言給摧毀的行為。在報上那一方小小美其名為狀況記錄的欄位裡，記載了他們的名字與體重、喝的母奶增減，感覺就像是宣布低氣壓正要接近的船舶氣象預報一樣，帶著緊張氣息，唯有那裡，好像浮在紙面上。當時他們還沒有氣力自行喝奶，母奶是透過了鼻胃管從鼻腔送到胃囊，另外，應該也有一直注射了生理食鹽水與葡萄糖吧。

現在我回首當時那過度的報導，我感覺自己彷彿什麼重物也沒綁就潛入了深深的水底，試圖伸手去觸碰一件根本不屬於任何地方的存在。我完全不曉得他們那之後怎麼樣了，那幾個令全國掛心的生命去向，在安定的進步之中逐漸被人遺忘，而我，我在察覺到自己裡頭不屬於良心的那一部分其實就是被無謂的好奇給耗損了的黑點，在感到狼狽的同時，也感覺有什麼地方不太對勁，一直拋捨不掉那份怪異的感受。

其實這種怪異的感受，後來有一次我又明確感受到了。就在五胞胎的熱聞沉寂了下來後大約十年吧，新聞傳出日本可能會更新年號，那之後，便一直有好像只是在刊登一種毫無感情的生物觀察記錄般的數字，以「玉體」這名義，出現在新聞版面上——體溫、脈搏、血壓、呼吸次數、輸血量、有無血便。對仍躺在病床上的人保有一份體恤是人之常情，可是那過於雲淡風輕的數字排列，卻到底代表了什麼意義呢？是要大家自行讀取言後之意嗎？是這樣嗎？

此刻，我陷入一種奇妙的幻想，該不會那一欄報導其實是為了要將病床上的人託付給看不見的託運行，把人送回他原本當在之地所做的準備吧？會不會那其實是一種操作，混濁的壕溝上將會出現一葉小舟，人將會被送進沒有任何人能夠接觸得到的、被緊緊關起的「後宅」？一九四〇年，躺在病床上的那位又或者是他身邊解讀了他心思的人，曾透過了總統閣下直屬的部屬委託了《玫瑰騎士》的作曲家為皇紀二六〇〇年編寫慶祝樂曲，作曲家也因此而獲得豐厚的報酬，這樁史實但願我們都永不或忘。

話說回來，作曲家的音樂裡的確有許多能打動人心的美好作品，我們之所以會那麼期待想聽《玫瑰騎士》也是因為這樣。那沉在不忍池底的白色山毛櫸樹枝，搞不好就是一根能夠揮動善、也能舞動惡的指揮棒呢？那位像逃也似的離去的女士，她一反龜縮的態度，豪爽划槳離去時所畫出的水痕，恍若不安定的音樂般。那艘小舟後來遁向了何方呢？會不會是划向了虛構與現實、現在與過去連通在一起的某個眼不可見的暗穴？還是像乘著一葉扁舟，划進了自己所繪山水畫中的唐代老畫師一樣，陷落在時空的圓環之中？

妳還記得那一天，池底下沉著幾個很像妳拼貼畫中所貼的那種漁業用玻璃浮球嗎？像舊民藝用品店裡會賣的那種。球有些破損，小魚兒游進游出。那是個管理很嚴格的池塘，不可能是被亂扔的，應該有什麼原因才會沉在那裡？這件事也跟覆滿了宇宙微中子觀測中心的玻璃眼球破裂的意外發生了重疊。那時候，我們實在好想兩個人一起傾聽那龐大數量的玻璃眼睛瓦解時的音樂啊。那正是察覺了危機即將來臨的小嬰兒，在語言之前的語言、無法被數值化的多餘聲響。

現今的我們，就只能像這樣，拿出早已經結束的過去的狀況紀錄。要想將偶然溶去、將必然銜上，就只有用如同妳鉤針般的船槳去划舟了。今天我依然通篇胡說八道，隨手亂寫，我看，我們今天的文字猜拳就先在此結束吧。天氣冷了，多保重身體，千萬別著涼了。

抬眼望向氣球飄蕩的晚空——

第 9 封

貼郵票。這件作業無論什麼情況下總會叫人有點緊張。有沒有貼歪？邊角留的空隙是不是恰好？漿糊有沒有溢出來？那溢出來的漿糊有沒有弄髒了收件人的名字？有不少細節得留意，其中最為關鍵的，我想就是把一枚郵票從一整張全張郵票上撕下來的那一瞬間吧？

郵票上那一連串小黑點的齒孔，就是為了讓人不用動用剪刀，光用手就能輕鬆撕下郵票而存在，所以一點也不用擔心，可是我卻老擔心自己粗手粗腳的，會不會在撕的時候往錯誤的方向用力，把郵票給撕破了，害那些黑點發揮不了作用？所以每一次我總是緊張得手指打顫。

這大概是被我小時候住的那棟房子正對面一家兼賣香菸的小雜貨鋪的老闆娘害的。那是個只能用恐怖兩個字來形容的歐巴桑，她坐在排放香菸的玻璃櫃後的身影看起來根本不像是希望客人去買東西，反而像在等客人抱怨時嗆客人「不喜歡就不要買！」那樣的感覺。她的臉上從沒掛過笑容，黑黝的皮膚乾燥脫皮，喉頭裡總是一直滾著痰咳啊咳的，發出令人不舒服的破裂音。

有一天，我母親交給我一封信，要我去對面買一枚郵票貼上去，把信投入信箱裡。她說，妳已經七歲了，可以自己一個人去吧。我開始發抖，名副其實的發抖了起來，心想自己是不是做了什麼壞事要被處罰？就在我緊張得一直亂想的時候，母親提出了一個狡猾的交換條件。她說，如果妳能乖乖的去跑腿，回來時就可以在對面買一個口香糖。

口香糖。那帶著水色或桃子色，或黃色的好像有水果甜味，但我只聞過我朋友的銀紙味道的、母親一直說會長蛀牙而不讓我吃的口香糖。那讓我感覺光是嘴巴裡頭咬著一塊，自己就好像會變成比現在大兩三歲的大姊姊一樣帥氣的口香糖。

結果我沒能抵抗口香糖的誘惑，去跑腿了。

「有沒有寫郵遞區號啊？」

歐巴桑衝著來買郵票的我，從我沒料想到的方向上展開了攻擊。她那種「小孩子就是惹麻煩」的口氣讓我開始有點慌了。

「還有字不要寫得歪七扭八那樣想混過去，更不要連寫也沒寫！寄不到啊！」

我沒有回話。戰戰兢兢的把信遞出去，放在玻璃櫃上。那是個轉角收成了弧形，側邊還往外斜出的櫃子，對小孩子來講太高了，我不站得挺挺的根本沒法把東西遞到歐巴桑的手邊。地上鋪了粗糙的混凝土，涼氣從襪子底下爬上來。

「噢～～有，寫得很大很大～～」

明明符合了她的要求，但她口氣聽起來好像有哪裡很不滿，老實說我其實不知道郵遞區號到底是什麼，但真心感謝我母親有好好把那寫在了信封上。

「喂！拿去！」

她從她身後那個有很多小抽屜的櫃中取出來的全張郵票，到底有些什麼圖案，現在我已經回想不起來了，但總之應該不是什麼特別的花樣。

表面平整光滑，邊邊稍微有點捲。端整，清淨。看起來單薄，但張揚著一股等同於金錢價值的自傲。接下來，我必須把其中一枚撕下來。歐巴桑目光直直盯住我的手看，連一瞬間也沒打算移開目光的氣勢。我知道她知道，她知道眼前這個柔弱的小孩子是第一次被單獨留在外面世界，此刻，正要將一封信送到不曾去過的遠方。當然那裡頭沒有任何溫暖守護的好心腸，只有打算等我一犯錯就要馬上糾正我的志得氣滿。我不用跟她對上眼睛，光連指尖也能感受到她的虎視眈眈。

出乎意料扎實的紙質、齒孔疙瘩的觸感、排列在玻璃櫃裡那些香菸盒上陌生的外文字母、歐巴桑的鼻息、穿梭在外頭路上的車聲，一切的一切，都讓我的指尖失去了控制。踮起來的腳尖已經麻得失去感覺，我努力捏起郵票一角，將注意力儘量集中在第一個小齒孔上，指尖開始施力。

就在那時候，不曉得是不是存心的或者只是恰巧而已，歐巴桑咳了一聲。那種瞬間世界彷彿被炸裂了一般刺耳而粗俗的咳法。世界既然都裂了，我的郵票破了也是無可奈何啊。

現在想想，只不過是邊角有點缺損，應該沒什麼問題吧，可是那時候我覺得天都要垮了，耳邊一直迴盪著咳嗽的殘骸。我等著被潑聲大罵，指尖龜龜縮縮想把破損的地方稍微遮住瞞混過去，但很奇怪，那歐巴桑一聲沒吭，明明眼前就擺著痛罵我的理由，她卻什麼也沒說。

我忽然頓悟了。她一定是知道那張郵票破成那樣，根本就不能拿來寄信吧？她知道那封信將會無處可去，所以故意什麼都不說，但在心底嗤笑我……。咳嗽的殘骸不知何時已幻化為那句「寄不到啊」的話語，震響了我的耳膜。

反正再撕一張就好了嘛？可惜當時的我只不過是個小小的孩子，根本沒可能想到那麼多。我只是一直低著頭不敢跟她對上眼睛，用濕海綿沾濕郵票背面的漿糊，把它拚命貼得離信封邊緣近一點，讓破損的地方儘量不要被看出來。在這之間，我們依然無言，看起來也沒有其他客人要上門的樣子，而那些香菸，則依然以冷淡的表情望向我這邊。我慌慌張張走出了店門，把信丟入就在店旁邊的郵筒後就趕快逃回家了。指尖上一直留著漿糊黏答答的感覺很不舒服，我印象很深刻。

當然我什麼也沒跟母親說。那封信是寄給誰的？又是封怎麼樣的信？我無從確認。如果那是一封對我們家來講十分重要的信，該怎麼辦呢？歐巴桑的詛咒一直折磨著我，一個晚上又一個晚上。由於郵票破了而沒辦法抵達任何地方，一直迷途的信。一直翹首盼望本該寄達的言語卻又遲遲等不到而無所適從的某個誰。錯過、扭曲的心思。無依無靠漂浮在虛空中，被雨打濕、任風吹舞、變色的信封。一直破損的郵票……。

自己引起的這樁失誤肯定某一天引發無可挽回的混亂，我如此確信，一直帶著恐懼等待決定性的審判終要來臨的那一天。夜裡當我閉上了眼睛，不知為何，來懲罰我的並非我母親而是那位歐巴桑，可是我連訝異的餘裕都沒有。我拚命道歉，對不起，對不起。可憐的年幼的我，連忘了買口香糖這件事都沒想起。

貨船郵票有沒有破損呢？有沒有在信封上看來恰當的地方貼得規矩又方正，漿糊也沒有溢出來呢？

那張被年幼的我投入了兼賣香菸的雜貨店旁郵筒裡的信，後來去了哪兒？有沒有被送到正確的地方？又或者還在哪裡迷路？在那信封裡，搞不好放了一張音樂會的門票。太好了，結果什麼也沒有發生，我終於放下心來，開始懊惱自己忘了買口香糖這件事。回憶終於從記憶裡頭消逝，可是那歐巴桑還是沒有放過我。她將信封偷偷塞進被咳嗽震開來的世界裂縫，把它再度送回來這一頭，以我沒有料想到的方式。

「寄不到啊——」

她一語成讖。信封經過了漫長的年月，又再度被退了回來。

現在回頭想想，玻璃櫃後的歐巴桑與那站在小舟上小小的人，雖然說話方式截然不同，可是她們的神態模樣要說完全不一樣嘛，倒也有幾分相似。當然囉，那張音樂會的門票到底是掉在池中的那一張或是交到了你手上的那一張，我就不曉得了。

安妮即使在躲藏的屋子裡也勤勉向學的這項事實，我想很值得尊敬。雖然她偶爾也會說些「讓人噁心想吐的計算題」這樣粗俗的話來發發牢騷，可是我想這也足以證明，法蘭克一家以學習為開拓未來大道的教育方針。

安妮她們當初曾借用支援者的名義接受函授課程。他們被帶走後，曾把名字借給安妮姐姐瑪戈的一名女性辦事員收到了一封信，表示妳這麼優秀，半途而廢太可惜了，請一定要繼續上。在安妮．法蘭克之家的展品裡，那封信也是特別讓人心頭一酸的展品之一。

安妮在寫給吉蒂的信上提到，她以《尼維爾內來的美女》（真沒想到這是一本提及水與船的故事……）為範本學習法文的那一天——一九四二年十月十四日，星期三——她在日記裡還寫了另一件重要的事——

「瑪戈問我改天可不可以讓她看我的日記，我說『好啊，如果就一下下的話。』接著我問她，不然我們來交換日記？」

瑪戈是個聰慧安靜的少女，不管是對大人之間的爭執或是安妮的種種叛逆，她都保持一種超然的態度，從來不惹麻煩，這樣子的少女不可能不會把自己的內心風景寫下來。她一定也有一本類似紅格子日記那樣的私密筆記本，可是那本筆記本到底流落到了哪裡呢？或許那裡頭呈現出來的，是一種截然不同於安妮日記裡所描繪的藏身處的風景。就算那裡頭夾著永遠無法寄達的寫給男朋友的信，我想大概也沒有人會感到訝異吧。

在那一天的日記裡，還記了一件有趣的附記，是關於藏身處所有成員的體重。安妮是三十九公斤，瑪戈則是五十四公斤。光從這個體重，也可以看出兩個年紀不過才差了三歲的姊妹，正站在一道橫亙於成人與孩童的橋樑上兩個奇妙的位置，而且那差異是如此關鍵，無法忽視不看。那一年，安妮十三歲，瑪戈十六歲，一個是還留著天真無邪的孩子氣也因此能近乎殘酷的反抗大人的妹妹，另一個則是無論如何都得逼自己表現得像個大人的姐姐。閱讀《安妮的日記》時，我總無法不被另一本隱身在書頁後面，雖然怯生卻也深思熟慮的另一種類的日記所吸引。

被託運行帶走之後就此與生母失散的孩子。貼著破損郵票的信封。偽造的音樂會門票。寄給死者的函授中心的一封信。說給不存在友人吉蒂聽的許多話。躲在陰影背後，絕不出來見人的日記。穿越一切的微中子……。你我所生存的這個世界，充滿了無能抵達所要前往之地，永恆迷途的存在。

忽然憶起你明明那麼喜愛音樂卻偏偏是個音癡這件事，真叫人懷念。你就只會唱那麼一首歌，《昂首向前走（上を向いて歩こう）》，但我也就是喜歡聽你那好像是擴大機沒修好所播放出來的歌聲。

不過說到這，你還記得嗎？「無言之刑」？每次我們吵架後我拒絕跟你說話，你說那叫做「無言之刑」。每次你都讓著我，什麼也不反駁，不管事情是誰對誰錯。當然囉，那既是一種無言的刑罰，你也只不過依照你的理性做出了正確判斷而已，畢竟你就算反駁了也不會有什麼回應。那種時候，就只能靜靜等待我氣頭過去而已。

大部分時候到底是為什麼生氣，我已經忘了，就只有一次，因為牽扯到你的身體，我氣怒的程度非同小可，遲遲沒忘掉。那一次，你的睫毛邊緣也就是眼瞼那裡長了一顆跟針眼看起來不大一樣的東西，看來比針眼柔軟，透著微微粉紅，你眨眼的時候，它就跟著顫動，其實是個很美好的紅腫，感覺好像只要一不小心，就會破裂一樣，透露著一種危顫顫的氣息。

「不可以碰噢。」

我很嚴正的警告你。明明叫你要早點睡，你就是不聽，一直專心打字打那麼久才會過度疲勞。

「要是黴菌跑進去就糟糕了。」

盈滿在腫起之物裡頭的那透明的不曉得什麼東西，肯定包藏著如同毒水母一般的邪惡。要是它破了，裡頭的東西萬一滲進了你眼皮裡……。想像不斷的膨脹，但在心底某個角落，我卻也另外掩藏著某種渴望，渴望能多凝視你那美好的部分更久一點，這亦是事實。

沒想到你居然不小心揉了眼皮，輕輕易易就把那腫起來的地方給揉破了。而且你明明應該會痛，卻硬生生忍著，臉上還露出了一種終於從抑鬱裡頭解脫了的快活。

那一次創下了我們「無言之刑」的最長紀錄。不出我所料，你眼睛果然腫了起來，一邊的眼睛最後落得要開刀、用抗生素跟眼罩的種種麻煩裡。我一覺得自己有權生氣，就更不想退讓了，刑期也就自動延長。

可是就讓我在這裡老實告訴你吧。我當然很擔心你的眼睛，但另一方面，我也渴望能自己把那腫起來的地方給弄破。沒想到你卻在沒經過我允許的情況下，而且還是在我看不到的地方擅自就把它弄破了，這當然引爆了我孩子氣的憤怒。

等我看到時，那腫起處的內容物已經被眼瞼吸收了，又或者是蒸發了，總之無影無蹤。除了稍微濕掉的睫毛上依稀可以確認到它的痕跡以外，沒有任何特徵留下，那圓溜溜嬌俏的膨起、透光的薄膜、柔弱的震顫、出人意表其實很穩定的長進了睫毛根部的相連處，一切的一切。你還記得那破裂瞬間的感觸嗎？那不知道是什麼的透明東西，同樣也染著淡淡的粉紅嗎？

在我原諒你之前，你從來都會先投降，這是我們之間的慣例。熬不過沉默戰役的你開口的第一句從來不是話語，而是歌聲。沒錯，那首〈昂首向前走〉。

你不會做出什麼狂暴的好像要把忍耐極限一腳踹開般的劣行，你只會趁著沒出現在我視線範圍內時，以一種彷彿是我聽錯了般自自然然同時又帶著一種不太確信自己音準不準、還在試音的茫然，輕輕發出最初一個音。而且你還會讓人感覺到一種彷彿在自嘲般「反正不說話跟唱歌這兩件事又不矛盾嘛」的態度。兩小節或三小節，我假裝沒注意。你的音準實在還是很不準，拍子也不對，低音的時候好像倒嗓，高音的時候則破音，可能眼罩還戴在臉上也有關係吧，歌聲聽起來更恐怖了，我忍不住面向你，猶豫自己到底該端出什麼表情，只好先嘆口氣。

「孤單一人的夜晚。」

不曉得為什麼這首歌的最後會是這樣的一句？你不覺得很狡猾嗎？我小時候養過的那隻虎皮鸚鵡的名字就叫做「單單」，這你應該也知道。孤單一人的夜晚，被郵票折騰得駭懼的夜晚，單單都以牠難以置信的優美聲音寬慰了我。我不由得覺得你是故意挑那首曲子來讓我回想起單單。

最後一個聲音沒入了無言的底盡。我拍手。感謝你唱了一首歌給我聽，那是我本該表現敬意的禮儀。拍手成為我寬宥你的暗示，無言之刑結束。

現在我努力回想你那被淡粉色液體濡濕的眼睛，到底是左眼還是右眼呢？是你在尋找要送給伯母的生日禮物時被松枝戳進的左眼，還是被起爆器震傷的右眼？可是不知為何，卻無論如何都回想不起來。

下一次投胎轉世時，如果可以，我想成為一個歌喉很好的人。你是個音癡這件事一天到晚被我拿來說嘴，但要是你問我「那妳呢？」我倒無話可回呢。有時候我好羨慕那些歌劇演員，光用自己的身體就可以發出無論任何樂器都模仿不來的聲音。他們的歌聲能穿透所有語言，直達人心底最深最深的洞窟。我要是有那麼美好的歌聲，我也能搆得著某個他者、搆得著你心底的洞穴了。我揣著如此一個夢。

獲得了絕世好歌喉的我，將成為一個吟遊詩人。而我唱的，當然會是你書寫的詩。在廣場、在路口、在酒館、在樹蔭下、在小嬰兒誕生時、在月沉時、在連日烈陽毒辣時、在爭吵時……人哪，在任何情況底下都需要吟遊詩人呢，這是個絕不會消失的行業，就連在奧修維茲集中營裡都曾有吟遊詩人的身影唷。

從集中營生還的義大利化學家暨小說家普里莫・萊維[21]曾在書中留下相關紀錄。他在義大利山區參與反抗運動的時候被法西斯軍隊逮捕，被發現了猶太人身分而於一九四四年二月被送進了奧修維茲集中營。某一天，傍晚配給早已結束的夜裡，一位吟遊詩人悄悄從營房小門走了進來。當他在床邊坐下，開始唱起用意第緒語抒發的四行詩後，身旁立即聚攏了許多人。他的詩歌裡，穿雜了在集中營中的生活小事，充滿了知命豁朗與憂愁的歌聲讓房裡眾人都安靜聆聽。接著，有幾個人留下了一搓菸草或一條縫線當成謝禮。

人即便失去了所有我之所以為我的一切，在惡寒、空腹與死亡的預感中哆嗦

㉑ Primo Levi，1919～1987。

打顫，依然不會丟失一顆渴求詩歌的心，這樣的事實令我只能停步無語。一開始，我懷疑會不會是萊維出現幻覺，但他以一個從都靈大學理工學部出身的化學家之眼，記錄下了在集中營中的親身體驗，不可能會寫些荒誕無稽的詭事。奧修維茲集中營裡確確實實存在過吟遊詩人，毫無疑問。即便被奪走了一切，仍願意將自己僅存的些微奉獻給詩歌的人的確曾經存在過。

在那沒有足夠暖氣與光線的營房角落，我將歌唱。圍繞著我的人們儘管眼窩因為營養失調已經凹陷，眼瞳深處的光芒依然殘存。我壓低了聲音輕聲的唱，避免打擾了夜的幽沉，然而歌聲依然傳遍了營房各個角落，連躺在床上衰弱得無法動彈的人了，我知道，他們也打開了耳朵傾聽。你的詩，響徹了人們心靈深處那隱藏了無論如何的邪惡也無法奪走之事的洞窟。

如果連被奪走了頭髮、奪走了鞋子、奪走了行李箱、奪走了家族、奪走了過去與名字的人都能夠為了它者去付出些什麼，那麼現在的我，應當也能成為某個誰的吟遊詩人吧。

不過說起來，我到底為什麼會想出「無言之刑」那樣的懲罰呢？到現在我還是覺得很不可思議。因為對我們來說，無言是一件再習慣不過的情況，根本不可能構成什麼懲罰吧？只要想想我倆各自在書房與衣櫥裡度過了多久的無言時光，就知道我那麼做有多蠢了。何況我是那樣珍愛與你——教會了我這世界的祕密的你——相視點頭的瞬間，那麼做實在是很奇怪。

「唯有妳，清清楚楚看穿了我的心內風景。」

這句話對我來說，委實是太抬舉了，我很清楚我的聲音並不可能傳得到你的洞窟裡。光是看到你的信裡竟然能把那麼多元的事物全都匯聚到同一條水系裡頭，我既驚喜的同時也更清楚，我無論如何努力划槳，永遠也不可能抵達得了你的洞窟。這事實，隨著一封封信逐漸清晰。洞窟的最底盡處，從岩石間滲出來的水滴匯聚成的湖。實在是太澄澈了，讓人錯以為是個懸浮於虛空中的湖。

可是我知道，清楚的知道，你是怎麼樣在那裡焚燒「第一直覺就能看清輪廓的、容易了解的部分」。你那火，並不是把所有碰到火焰的東西全都不由分說一口吞噬掉的獨善其身的火，而是把闃暗的空洞默默照亮的火把般的火。是啊，多麼近似無言的火。火焰撫過了岩石的肌理，不斷變幻著顏色，明明沒有風卻危顫顫的晃呀晃，而滴落到湖面上的每一滴水滴，也都映照出了那火光的搖動。

惡同善，公平擁抱了兩方的火焰是何等的妖豔。當我凝視著那火光，我忽而想起，自己被歌劇詠嘆調的不過只是一個音給施了魔法，被吸引了進去的同時，一邊又擔心自己會不會回不去了的那種瞬間。當我關在你書房正下方的衣櫥裡編織時，照亮我手邊的，當是你的火把如斯。

你考上動力小船駕照的那件事，我也還記得很清楚。你這個人，不管是什麼樣的考試從來不畏懼，甚至還可以說是喜歡。應該可以這樣子認定吧？從我的角度看來，你簡直難以想像的稀有動物。

尤其是那種分了幾等幾級的公家機關考試，你簡直像是被鼓舞一樣的往前衝。二等考過了換一等，二級考過了換考一級，就那樣，只要上面還有得考，你便停不下來，真難想像那樣鬥志勃勃的你，在跟我玩無論是翻牌遊戲或連環鎖、黑白棋的時候，都會是簡簡單單就敗下陣來的敗將。

而且你不但愛考試，還是個每考必過的人。我想就算是飛機駕照，對你來說應該也不成問題吧，我可以跟你保證。畢竟你是個能那樣自由自在操縱船槳的人哪。

我送給你的那件拼貼畫，不過只是我一時的戲耍，但我或許也的確是有點自不量力的想學唐納·埃文斯看看吧。唐納·埃文斯將世界關進了一枚郵票裡，約瑟夫·康乃爾將記憶關進了一個箱子中。這兩個人，肯定都是同一個島嶼的住民吧，不過我私心覺得他們兩人應該是沒辦法當朋友。所有看見這兩位同樣坐在公園長椅上，同樣手上都拿著一個從自動販賣機買來的過甜巧克力蛋糕，同樣一聲不吭只是靜靜聽著小鳥啼唱的人，立刻都會做出同樣的判斷——這兩人互不相識，但是同樣類型。

關於康乃爾，我最喜歡他的一段軼事，是他還年輕的時候曾經戀上了一位在電影院窗口賣票的少女。他雖一生未曾結婚，我在讀他的傳記時，卻意外發現有許多關於他往事的記述。不過他的戀愛與一般社會對於戀愛這兩個字的認知差距頗大，他的戀愛，帶著他獨特的心境風景，那一次，他對售票窗口的少女懷抱的愛意也是如此。

康乃爾遠遠望著坐在小小的玻璃窗口後頭俐落賣票的少女，他光是從售票口附近走過，都感覺得到自己的心跳加速了。

「一張。」

他將臉湊近了窗口，開口說的就只有這麼簡短兩個字。而她呢？她曾說過一字片語嗎？大概沒有吧，買電影票的一來一往就只有那麼短短十幾秒而已，所以找錢時，指尖到底會碰到對方還是不會碰到對方，對於康乃爾而言是個重大問題，即便少女的眼中並沒有映照出男人的身影。可是只要有那麼一瞬，他便能把窗口後的她整個人關進躺在他家地下室中的箱子裡。

結果康乃爾帶著一束花，現身在了售票處。他想將花束送給少女，卻被誤認為藏帶了槍枝被管理人員制服。他一定苦思了很久吧，到底該怎麼樣才能在頂多就只有交換電影票與硬幣這樣短暫片刻的電影院窗口把花遞出去？少女似乎出聲尖叫了。在那個小小的玻璃窗口內，尖叫聲無處可逃，直到聲音落下後，還依然迴旋在窗口內，想來應該把少女給關得更緊更緊了吧？

只能愛上被關在箱盒內之美的康乃爾，並不太懂得怎麼與活人交流，相反的，他很擅長跟死者對話。這樣的康乃爾如果遇見了我，至少會送我一束花吧？我想，卻也對陷入了如此無聊遐想的自己覺得受不了。現在只能出拳頭把手中所有之物關起來的我、被幽禁在重力之箱裡頭的我，我想康乃爾一定會愛上我的。

每一次我都不曉得該怎麼收尾，不小心又寫得太長。請多多見諒，千萬別覺得我太無趣才好。

寫於不知何處有嬰兒啼泣的黃昏——

第 10 封

貼郵票這件事其實是滿有難度的噢？年幼的妳初次被派去跑腿時的那份緊張與倉皇歷歷在目，讀完後餘味猶存，彷彿像讀了一篇短篇小說一樣。妳信中提到的那種兼賣香菸的雜貨行，在我老家那一帶也有，很有意思的是，那些店的招牌上都不是寫成「煙草行」，而是「菸草行」。我如今試著在腦中重新喚出當時市井模樣，浮現了幾家當時跟朋友騎著腳踏車亂衝亂逛的在我有限行動範圍內，除了賣香菸跟郵票以外，也擺了一些雜貨與點心的比較近似於雜貨鋪的小店。那些店，現在不曉得怎麼樣了。離我家最遠的一家「菸草行」門口，擺了兩台用錢幣代替球的以彈簧彈進洞口的類似小鋼珠的機台。那時候為了要贏，我每天都跟朋友去報到。釘在店後方的牆壁木架上，除了香菸外，還擺了一些日用品販售，商品之間的間隔大得有點闊綽，大概是以前用來騙小孩子聚在店裡買零食的那種有些隨便的做生意方式吧。

我們那兒的「菸草行」，每一家櫃檯後頭都坐了一位大嬸或阿婆，那家店也不例外，而且很奇怪，每一家的大嬸或阿婆幾乎都像是紙搓的那麼細弱，讓人懷疑她們該不會全都是親戚吧。不會是只要做一樣的工作，人全都會長得愈來愈像？後來長大許多之後，我才知道，原來那是政府在戰後的一項政策，為了幫助那些丈夫被殺害的寡婦能夠生活下去而做的一項法律安排，讓她們更容易被指定為公賣局的菸草零售商。這也就解釋了，為什麼我會有種菸草行總是跟大嬸或阿婆連結在一起的印象了。至於店面的差異，大概是各人創業資金不同吧。除了有那種讓妳很為難的上頭像防鼠盾一樣往外擴，邊角又收圓的櫃檯之外，也有的直接在面朝馬路的牆上釘上木板，看起來像是電影院售票窗口一樣的，不過不管是哪一種，那高度對小孩子來說都隱約有點高。

去買一枚郵票，貼在信封或明信片上。如果我說我對於妳能夠被派去進行這樣的大冒險感到很豔羨，妳肯定會氣我吧？但我老實說，我直到年紀滿大了為止都還沒有去過我家那邊的菸草行買過任何一張郵票。我的任務，只有去離家裡最近的商店買招牌上賣的東西，牌子永遠都一樣。沒有被透明封膜封起的淡綠紙盒上，三個平假名文字以一種獨特的平衡感描繪在了上頭，有點舊時代氣息的設計。我很喜歡那個好像裡面放的也可能是糖果一樣的包裝，喜歡到了想整包拿來裝飾，不要拆開。有時候要我去買不同的牌子，我還會覺得好像被背叛了。也有時買的不是一包兩包，而是一整條，不曉得是不是父親事前跟店家說好了，我說要大的，店家也沒什麼狐疑反應就拿給我了。如果是動盪的時代，整條菸搞不好會被拆開拿去黑市賣呢。跟那大嬸面熟了之後，我們還是沒講過什麼話。

那家菸草行的櫃檯完全長得就像妳所形容的那樣。即使是盛夏，那玻璃櫃檯的頂板一摸到的時候還是涼涼的很舒服。買一整條菸的時候會給紙鈔，但平時是用零錢。我把放在口袋裡的硬幣拿出來，伸長了手遞出去。零錢一放在跟紙搓臉屬於不同種類，但同樣細弱的手腕前方那片皺紋橫生的平坦部位後，大嬸就會從玻璃櫃裡頭把香菸取出來，平放在玻璃頂板上，唰溜！一樣的滑過來。不曉得為什麼，付錢時明明會伸手來拿，但找零給卻不直接給我。她會像下棋一樣的把零錢吧嗒！一聲霍響的打在玻璃櫃上。感覺那響聲好像是只有大人才被允許擁有的特權，也不曉得為什麼。

那家菸草行當然也賣郵票跟明信片，店頭立了一個紅色圓筒型郵筒，只要我父母親願意使喚我，我就能跟你一樣去跑腿買郵票，把郵票貼在信封上丟進郵筒中了，只可惜那機會終究沒有來臨。不過有一次，也就那麼一次，我在完全不知道印花到底有什麼用的情況下被派去買了印花稅票。就那麼一次，我看見了被擺在大嬸的手才碰得到的那邊的淺抽屜被打了開來。那張長了一副郵票的樣子，但卻不是郵票的奇怪紙張，因為很重要，不能搞丟，大嬸把它放進了一個平薄的半透明塑膠袋裡。我也不曉得自己到底是興奮還是不興奮，總之感覺很複雜。我後來之所以開始喜歡郵票，而且集中收集船舶相關的，也許是因為我沒有像妳那樣，得到一種成長過程中的關卡而出現的反彈吧。當成興趣收集的郵票與剛才的印花稅票一樣，與移動毫無緣份。我享受著那因不使用而生的不自由，將它們整理保管在貼了蠟紙的集郵冊上，以前端平坦的夾子輕輕夾起。這種無視於郵票原本任務的遊戲，如果需要什麼正式資格才能玩，我想我這種好勝心這麼強的人肯定會把國內外所有的目錄讀遍，全力備考吧。不過話說回來，妳遇到的那家兼賣菸草的雜貨行老闆娘，到底為什麼不自己把郵票撕下來給妳，而故意要一個年幼的孩子自己從一整張全張郵票上撕下單單那麼一枚呢？該不會是看出了妳指尖的才華，知道這個孩子將來會是個能織出細膩織品的人，所以才刻意給妳一個考驗吧？要是我，搞不好會被緊張得手心冒汗，郵票還沒從漂亮的全張上撕下，漿糊就已經被我的手汗給溶掉了。那樣子的話，我肯定會產生心理陰影而不會走上集郵這條路。幸好現在我手邊的集郵冊裡，那些當初害妳為難不已的全張郵票依然都還是一整張，全都沒有撕開，收得好好的。

妳信上有段敘述，讓人讀了最是歡喜，就是「用濕海綿沾濕郵票背面漿糊」那一段。當初在那湖畔之家，被妳施以無言之刑的日子忽焉又甦醒了過來（說到這，糊跟湖這兩個字還真是相像）。我沒寫作時，就是在著迷船隻，還迷到了在屋頂上架設無線天線，用通訊用真空管裝了無線電機，不停的收聽船舶即時海況。那宛如長詩朗讀般的時光哪，繞著各燈塔周邊氣象一次又一次的報導，比針對一般大眾的氣象預報更為詳細。妳還記得我們一起坐在沙發上，收聽我從二樓搬來的那台單聲道喇叭擴音機所播放的那些廣播的夜晚嗎？一圈大約是一小時，那不僅僅是資訊，而是樂音了。真空管已經溫熱好，我老早開了電源，家裡附近天氣也很安定，我已確認過了是電波比較容易接收到的狀態。準時把周波數調到一七六〇・五千赫後，一名女子的聲音從遙遠彼方混混沌沌傳了過來。我微微傾身往前，妳則依然靜靜的讓身體靠在沙發上。

「各塔台、各塔台、各塔台，這裡是宮古島、宮古島、宮古島。海上保安廳開始為您播報西崎燈塔、平久保崎燈塔與池間島燈塔的氣象狀況。時間是十九點五十五分，西崎燈塔處吹南風，五米每秒，氣壓一〇一二毫巴。平久保崎燈塔處吹東南風，四米每秒，氣壓一〇一二毫巴。池間島燈塔吹南南東風，五米每秒，氣壓一〇一三毫巴，結束。這裡是宮古島。重複，時刻是十九點五十五分，西崎燈塔處吹南風，五米每秒，氣壓一〇一二毫巴。平久保崎燈塔處吹東南風，四米每秒，氣壓一〇一二毫巴。池間島燈塔吹南南東風，五米每秒，氣壓一〇一三毫巴，結束。這裡是宮古島。再見。」

剛開始收聽這廣播時，我還把地圖放在一旁，好像在上什麼地理課一樣。她唸的那些地名我也沒辦法馬上轉換成漢字。還好後來不斷的聽，先用鉛筆標示成片假名寫在一旁，之後再查清楚，把那些標示記下來，在唸到的那些燈塔上做記號。宮古島、慶佐次、都井、足摺、室戶、大阪船舶通航信號所、潮岬、大王、石廊、八丈島、野島、犬吠、金華山、魹崎、尻屋……。到這裡是一半。妳一臉受不了的看我把這些船舶地名朗朗上口，明明我這個人連電車站跟通往湖泊的巴士停車站都記不太清楚。ㄕˊㄌㄤˊ怎麼寫啊？石頭的石，走廊的廊。ㄇㄠˊㄑㄧˊ呢？魚字旁，右邊一個毛，唸成毛，那個地方的海岬就叫做魹崎。襟裳、釧路、女島、若宮、神津島、萩見島、多古鼻、越前、舳倉、粟島、入道、龍飛、積丹、燒尻㉒。暗號一樣的，謎般的字眼聲響一直繼續下去。我們自動對自己科處了無言刑罰，著迷的聽著賽蓮女妖（Siren）的禁忌之聲。ㄍㄜˋㄊㄚˇㄊㄞˊ、ㄍㄜˋㄊㄚˇㄊㄞˊ、ㄍㄜˋㄊㄚˇㄊㄞˊ……。尚未有人親眼見識過的幻鳥啼聲。ㄓㄜˋㄌㄧˇㄕˋ、ㄌㄚˋㄨㄤˊ、ㄌㄚˋㄨㄤˊ、ㄌㄚˋㄨㄤˊ……。每播報過一輪，便會插入結束、再見。不知道播了多久，在播到上對馬那一帶時，冷不防妳冰涼的指尖碰了碰我的手。像凍結了一樣冰涼，卻又溫暖，正是妳一直以來的觸感，可那碰觸微微帶著顫抖，我當下擔心妳是不是招了什麼邪

㉒以上皆為燈塔名。

氣，不安的握住妳的手，那顫抖才稍微緩了一點，可是我好後悔，早知道不該讓妳聽這個的，我很清楚妳對於特定音域的感受能力敏銳得媲美女巫。妳無聲哭泣。結束、再見，這個究竟要播報幾次？就是航標的數目而已。可是一定要每一次都說結束、再見嗎？標準作法嘛。誰決定的？就政府啊，海上保安廳。可是海上的平安不屬於神的管轄嗎？是啊……。我無語可說，只能靜默。那是舊時候囉，氣壓單位從毫巴改成了百帕還是在那之後。妳難過得連聲音都啞了。結束、再見，那樣一直重複實在太讓人難過了，感覺好像整個地球都在告別，你不覺得嗎？就算要說，也可以擺在最後，只說一次就夠了啊。

我心頭一驚，其實我也正想著同樣的事。不揚起情感的「波浪」，由機器製作出來的聲音，的確很適合用來宣告地球的終焉。差不多就在我倆出生的年代，有個為了修正太陽異常狀況而被犧牲了生命的少年機器人。暫且不管那種行為正確與否，我只是想起，當年背負著全地球重量的它亦是從黑與白的地球底邊，發出了簡短的告別，一次又一次。結束、再見。來自海的沿岸而非海之彼方的那股聲音，的確讓人感受到了過於悲涼、過於深刻的心念。

*

我本來想寫些什麼呢？噢，對了，妳說妳把郵票沾了濕海綿讓漿糊溶化的事情，讓我想再提另一件事。我自己雖然沒被派去買過郵票，不過我有時候從菸草行前經過時會看見有人正在買郵票。通常是男人。他們會把大嬸遞過來的郵票用舌頭輕輕一舔，而且不只一張，有時還是兩張、三張都舔。還有人會把郵票放在舌頭正中央，讓郵票完全沾濕。可是問題是，他們那麼仔細做到了那地步，但將郵票貼上信封或明信片的時候卻很草率，明明大嬸也沒有突然劇咳讓他們嚇一跳。他們「啪——！」的把郵票丟上去，接著用手心碰碰碰拍一拍，也不等漿糊乾就直接丟進郵筒裡。結束，再見。看見他們那種好像舔郵票比貼郵票還重要的樣子，不由得讓人瞎操心了起來，萬一郵票背面塗了毒，他們也完全不會察覺就舔了吧？話說回來，我自己在旅行途中也曾經買完明信片後，當場寫了兩三行字要丟進郵筒中時，卻因為手邊沒水，而直接舔了郵票。看見別人做的時候覺得不妥，自己卻也不知什麼時候有樣學樣，這在社會上好像是被稱為成長噢？

不過沾水或是用舌頭舔，這兩種作法在對於郵票、對於寄信這件事在心情上是有差別的。妳那時候雖然緊張，可是小小年紀的妳還是很冷靜，沒有看漏了那塊海綿，並且理解到那是用來沾濕郵票的工具。這種就算陷入慌張也能很快沉著下來的態度的確很有妳的風格，我就正好相反。我把瘡腫弄破那件事，要說我這個人的脾性是這樣，也真的就是這樣。有一次寒冬，妳不是好生愛憐的看著自己被柴爐燙傷的手指頭水泡嗎？可是當妳在黑暗中觸碰它，妳並不能確切感知到那是妳自己的水泡，而不是我的水泡，對不對？即使裡頭是從妳自己身體滲出來的體液，妳並不會不由而然覺得，這是只屬於我一個人的水泡，對嗎？針眼與水泡都是既在自己身體的表面，卻又從屬於外界領域的一種現象。不屬於任何人，只彷彿懸在那兒的異樣感。當異樣的感覺有了形體，就會像那樣子突然爆裂。妳說得很對，像我們這種對沉默如此習以為常的人，怎麼會又自己刻意潛入了無聲的水泡中呢？我們內心早已有了摩斯密碼才對呀。一座座心情燈塔的周邊海象報導，我們不用自己的聲音，讓收信機的聲音代我們發訊應該也無所謂。風向改變了，風力減弱、波浪也平穩了下來。我們預見這情況，播放現實中的氣象預報即可了。

可是話說回來，像我們現在這樣，經歷了長久現實沉默後又得以再度通信，妳恐怕不知道這對我帶來了多大的激勵。妳那一向淡然如常以一定節奏送出一個個字彙的書信文體，實在很難相信是口述請別人代妳寫成的，對我而言，妳的話，便是我於伸手不見五指的黑暗中收聽的燈塔廣播，是我傾聽那所有聽不見的聲音之手段。要如何才能把不用舔也不用貼郵票的信給送出去呢？妳給了我答案。除了〈昂首向前走〉這首歌之外——我忽然想起那位歌手因為飛機事故辭世的那一天，我是如何無限體會到了「孤單」這兩字的意義——還有一首歌，我無論唱得多走音也絕不會低著頭唱。不過可能因為這一首我唱得比較好，所以妳沒有把它列入罪狀清單。我現在沒辦法唱給妳聽，所以用寫的，請妳在腦海中播放吧。

白山羊寫信給黑山羊
黑山羊還沒看就把信吃了
不得已只好又寫了回信給白山羊
你剛才的信裡
寫了什麼？
黑山羊寫了信給白山羊

白山羊還沒看就把信吃了
不得已只好又寫了信給黑山羊
你剛才的信裡
寫了什麼啊？

這首窗道雄於一九五一年寫就的詩，我是屬於把它當成童謠唱的世代，我想妳應該也是？山羊吃紙，不是什麼稀罕的新聞，可是白山羊寫的信，黑山羊真的讀也沒讀嗎？或者牠其實已經把白山羊用心寫的那封信讀過了兩、三次，讀到了滾瓜爛熟，甚至是整封信都會背了，卻故意假裝沒有讀呢？我們是否可以這樣子想？「你剛才的信裡／寫了什麼啊？」這個問句，其實只不過是回信裡頭的一部分，黑山羊假裝成我雖然沒有讀，但你是不是寫了這樣子的事啊？我吃掉了你那封信，所以不知道你寫了什麼，你可不可以再寫一次寄給我呀？像這樣子，演戲催著對方再寫一封？我從前覺得這首詩真是永恆的無限循環，簡直媲美莫比烏斯環了，可是我如今懷疑，這兩隻山羊應該已經把對方的信幾乎一字不漏的背得滾瓜爛熟，可是就故意像這樣，想辦法多聽聽對方的聲音，想把自己的心意傳達給彼此。我如今不由得不做如此想。

妳提到安妮．法蘭克的姐姐瑪戈也寫了日記的那件事，我看了心頭實在是一緊。專家們好像說她們兩姐妹到了最後還是沒有交換日記對不對？安妮的日記，是她被移送之後，「後宅」的一名女子把她遺落的日記撿起來保管好的，而瑪戈的日記則到底是她自己帶出去了還是被沒收了，又或者是她以非常隱晦難讀的方式寫成，藏在了某個地方？結果最後，安妮的話被傳達給了我們，然而瑪戈的則消失了。我每思忖起瑪戈的日記，便不由得想起白山羊與黑山羊那像繞圈子一樣兜兜繞繞的一來一回。那對姐妹搞不好也只是裝做「咦，妳剛信裡寫了什麼啊？」，其實彼此都心知肚明對方日記裡寫了什麼。把東西放進腦子裡是最為安全的保管方式了。船舶氣象預報在其他新興通訊方式興起下，不久前才被廢止，一如它那句標準語句——結束，再見了。不過我如今依然相信，那曾令妳落淚的，混雜了雜音、重重複複的疊句聲響裡，肯定具有能將無法送抵的事物傳送至目的地的力量。

＊

那張貨船郵票貼的位置很完美，真不愧是向康乃爾學的。左右的留白也很恰當，這種感性在妳以前的拼貼作品中也完美呈現過。寄不到的信、無法寄達的信、寄到了又被退回的信，最無味的，當推直接交給對方的信了，我記得這件事，我倆以前的看法一致。當然，也可以把信匆匆忙忙交給對方就跑，連臉也不看，可是信件所具有的最大力量，在「距離」消弭掉的那一瞬間便也隨之消逝了。說是這麼說，我自然也就跟親手遞交的那種情書無緣了。

說起來，普里莫・萊維所遺留下來的工作，就某種意義上來說，不也可以算是一種完美寄達的書信嗎？〈山羊的信〉詩中所具有的哲學性悲哀，或是〈昂首向前走〉中所透露出來的酸楚當然也讓人很想珍惜，可是這兩者的共通特徵，都在於其背底所支承的，是一份把無論寄達得到與否都委交給潮水般的對於不確切所懷抱的憧憬。我們倆以前不是曾對瓶中信這種作法來回討論了無數次嗎？設想一下，若果撿到瓶中信的人又以相同手法回信，那不完全就跟〈山羊的信〉一樣，是種看來無限循環的情況了？先不管那種情況是否幸福，至少要斬斷那個無限循環、脫離那種狀況，就需要所謂「全力的告別」。是否能在無能成為妳所鍾愛的單單或者康乃爾，真真正正是一個人孤孤單單的夜晚時所唱的那首歌一樣，豁達的說聲，幸福就在雲端之上、就在廣闊天邊這樣的話？原本昂首是為了怕淚流下來，寂寞為其前提。是否真正能像把原子力量當成能源的少年機器人一樣，把悲楚帶到更高的地方、帶到月娘與星星的影子底下就算了？

在惡黨將我們每個人塞進猶太區之前
在海鳥姆諾滅絕營之前，在貝烏熱茲滅絕營之前，在波納里大屠殺之前，在我們的死期之前
那是在戰爭才剛開始的時候，我如今依然記得，我與友人在路上偶遇
我們垂首，緊緊、更緊更緊的握住彼此的手
嘴巴不語，眼睛亦如是，不交談……眼裡滿是恐懼
因爲一抬頭……眼睛將以清晰的字句洩漏我們心中所預感……

這段詩，節錄自波蘭猶太裔教師伊扎克．卡茨尼爾森㉓所著《遭屠殺猶太子民之歌》之中的〈第七首歌〉。我想起了我握著在沙發上哭泣的妳的手，把妳的手

握得更緊更緊的夜晚。想起了閉上的眼睛，應是閉著的雙眼。我這豈止是孤單的人，根本是孤單絕頂的人，對我而言不說話不交談亦可能代表了其他脈絡。安妮的姐姐瑪戈最後留給了後世沉默。明明是那樣畏懼把眼神「往上」，卻又終究被那魔力給吸引。

我倆不再相見的那陣子，我有個夏日，到法國一個在羅馬時代以礦泉與硬水水質聞名的小城過了幾週，是個叫做維泰勒（Vittel）的療養區。我記得我從療養身體的飯店給妳寄了張上頭有礦泉療養淋浴室插圖的明信片，但是最後好像沒有送到？當時還有另一個選擇，是到第二次世界大戰時，納粹扶植的傀儡政權所在的維希市（Vichy）休養，不過我想到規模更小一點的地方去靜養。話說回來，那個維泰勒在一九四一年五月至一九四四年九月之間，曾經被當成納粹德國的拘留營這件事並未曾受到太多矚目。那是個稍微有點特殊的拘留營，當時設置那裡的目的，是為了確保用來跟敵國交換被俘德國人用的交換人質，於是從英國、加拿大、荷蘭與拉丁美洲各國押來了大約兩千名女性人質。傀儡政權接收了豪華旅館，把周圍繞了三圈鐵網，製造出了恐慄氛圍，可是聽說，那兒其實食物豐富，也能自由與外界通信，出乎意料的很舒適。

不過在一九四三年一月，那兒又追加了三百名猶太俘虜，是從德朗西（Drancy）拘留營以及蘇維埃、波蘭等地擄來的較為富裕的猶太人，其中就包含了剛才那首詩的作者伊扎克・卡茨尼爾森。他的長男也跟他一起。兩人在一九三九年時，從故鄉波蘭羅茲（Lodz）遷居到了華沙猶太區（Getto Warszawskie）。另一位知名鋼琴家同鄉魯賓斯坦㉔則在這一年攜家帶眷從波爾多（Bordeaux）逃到了

㉓ Itzhak Katzenelson，1886～1944。
㉔ Arthur Rubinstein，1887～1982。

美國。卡茨尼爾森當時逃離的時候，將妻子與兩名孩子留在故鄉，自己與長男避居到華沙，納粹德國開始「移送作業」的時間點是在一九四二年七月，而詩人出生於一八八六年，因此當時他已經將近五十過半了。在友人的大力幫忙下，卡茨尼爾森得以於工廠工作，而不致於被遣送到死亡之地。

但在八月某一天，他得知了妻小遭到「移送」，被送進了特雷布林卡滅絕營（Treblinka）的毒氣室。卡茨尼爾森幾要發瘋，但仍與長子在華沙起義時並肩奮戰，潛入雅利安人地區，拿到了南美國家所發出的護照，打算逃往宏都拉斯。那些護照原本是在瑞士的猶太人為了必須救出的特殊人物而準備的一批護照，但在送抵華沙猶太區時，原本應該領取的人泰半都已經化入黃泉了，也就是說，留下了許多無人認領的護照。而這些護照落入了蓋世太保手中，利用猶太裔掮客釣出了躲藏中的富裕猶太人，目的是要把他們送進維泰勒的拘留營，而卡茨尼爾森正是上當受騙的人之一。時值一九四三年五月，護照上登記為南美人的波蘭裔猶太人共有三百名。卡茨尼爾森的詩被譯介為日文之前，我對於這段史實大概只聽過了一點涉及維希市的部分，因此當年我倆聊談時，話題裡就算出現了安妮．法蘭克，我應該也沒辦法跟妳提起任何關於意第緒語詩人的事才對。

這些被優待者的命運，在某一刻突然起了劇烈變化。因為南美國家紛紛嚴拒讓自稱國民的俘虜被遣返回國。既然不能用來交換人質，那這些俘虜就沒有存在價值了。在法國境內的猶太俘虜於是先被移送到巴黎郊外的德朗西，再被送至奧修維茲集中營。卡茨尼爾森便於是如此在一九四四年四月，巴黎即將獲得解放的前夕遭到了「移送」。五月，消失於毒氣室內。他悟知自身將死、民族將死、語言將死，因此在生前最後一段日子裡像著了魔一樣的埋首創作意第緒語詩歌。同年一月，完成了全部共十五篇的長詩《遭屠殺猶太子民之歌》，接著拚命抄寫，當然全部都是手抄，總共抄寫了六個版本，一個縫進旅行袋的皮革提把中，剩下的分裝進三口小罈裡，在某位於法國參與反抗運動的義大利女子幫忙下，將這些小罈埋進了院子的老樹底下。在卡茨尼爾森被「移送」、維泰勒的拘留所也被解放了之後，這名女子將小鐔子挖出來，把原稿送去巴黎，託人送去意第緒語的印刷所。

以前我曾經有段日子住在一間出租意第緒語書籍的租書行附近。那是間一個星期只開個兩天，而且還只開幾小時的小店，有時候會看見一位蓄著山羊鬍的有點黑的男人出入。由於招牌上寫著「任何人都歡迎參觀使用」，我有好幾次都想走進去看看，心想自己不會意第緒語應該也沒關係吧，可惜到了最後的最後還是沒有勇氣。把安妮的日記救了下來的「後宅」那位女性，一心堅信安妮一家人一定會平安歸來，不顧自身安危，一直保管著那本日記。當安妮被帶走的時候，他們給了她多少時間收拾呢？安妮又帶走了什麼？瑪戈的日記，應該是被她自己帶出去了，就算之後被沒收，只要她能生還，搞不好依然可以把一切內容從腦海裡叫喚出來。當然，她一定會連著安妮的字句一起。覺得不可能送達而拋入了海中的瓶子，與不管怎麼樣都想送達而拋出的瓶子。為了滅絕的子民與語言，無論如何絕對想送達而埋進地底的瓶子自然是屬於後者。在最終階段被「移送」而喪命的卡茨尼爾森詩歌，後來被收藏在耶路撒冷的以色列猶太大屠殺紀念館之中。

我看見了／從我的窗戶／馬車／一堆馬車……我聽見了
苦痛的嘶喊直達天邊／接著是低得無法聽見的呻吟──〈第三首歌〉

有一段時期，卡茨尼爾森被認為是那首〈Dona Dona〉的歌詞創作者，諸說紛紜，真假如何不得知曉，不過曲子本身則據信是在「移送」之前就存在了。只是在這一小段詩歌裡，某個天氣晴朗的午後，被套在馬車後拖著走的猶太人與在馬車上被運去販賣的小牛產生了重疊。詩人如此寫道──「什麼樣的民族！像小牛一樣被屠殺，什麼樣的民族啊！」（第十四首歌）以意第緒語寫就的這些詩篇，最後得以倖存下來，然而寫作者卻如同小牛一樣的消逝了。救出這些詩句的女子當時是怎麼處理那些瓶子呢?我想她應該沒有把它們一併帶走吧?要救出這些珍貴的詩篇,行李最好弄得輕便一點。於是我開始妄想了。當時他們該不會是用維泰勒的小瓶子吧?當然也可能弄到有蓋子的果醬瓶之類的,可是當地特產的維泰勒礦泉水瓶一定更容易弄到手?不管哪一份資料,都只提到了瓶子有三個,卻沒一份說明到底是哪種瓶子。那種被裝在玻璃瓶裡冰涼的維泰勒礦泉水,我以前也常在咖啡館或餐廳裡飲用,可是讀了這份史實後,我有好一陣子都無法再喝了。把地底湧出的湧泉裝入,倒空,裝入不是水的物品後埋入土壤裡,然後又再把它挖出來。於一個固定不動的定點上的操作,最後成為讓原本會失去的語言得以殘存在這世界的時空膠囊。當她見到那些挖出來的詩篇時,她是什麼樣的心情呢?應該不可能一點都不緊張的把詩篇拿出來吧?那三個瓶子,或許也發出了吧吧嗒嗒的聲響。此刻在我腦海裡,那個並不那麼遙遠的時代,完全只存在於我想像中的玻璃瓶聲響與菸草行櫃檯對面的婦人眼睛直勾勾盯著自己把零錢敲在檯面上時的聲響產生了重疊。萬一維泰勒的瓶裡還裝了一張捲起來的《玫瑰騎士》門票，那不知道之後的發展會有多諷刺。

腫起來的眼睛，我會用水清洗。以含氯的自來水洗過後，再點上抗菌眼藥。如果用維泰勒礦泉水來洗，搞不好會好得更快吧？是啊，我那時候真的是不小心弄破的，而為了要終結妳那無言徒刑所唱的〈昂首向前走〉歌詞中的上方，我決定把它想成是之前我提過的太空人在沒有上下左右的空間中所擬定的一個假定方向。望向「我們稱為上方那不可思議的方向」的眼睛裡，也長了沒人能弄破的瘡腫呢。我還記得我把它弄破的那一瞬間。那腫起之物是存在於自己之外，亦同時存在於自己之內的一片小小湖泊，當我指尖沿著它輕輕觸摸，感覺指尖的皮膜貼上了盈滿著薄薄漿液的薄膜，逐漸分不清楚到底何者才是何者。我是指尖觸碰到了它嗎？還是它觸碰著了我？那個時候，我感覺比較像是「被弄破了」而不是「弄破了」，甚而還有一種「破除了」的感受。那是為了將爆發壓制到最小最小的一種「解除」，但是「解除」了什麼呢？解除了存在、解除了迷惘、解除了愛戀心、解除了歌聲。別以為我這是音癡端出來的藉口，我最初第一次觸碰到妳肌膚時便是那樣的感受。普里莫．萊維與一眾所歌詠的那些四行詩，便是一唱出口、一唱出聲，便要如同腫瘡一樣令人揉破的字字句句。而知道了我把那瘡腫給弄破後對我施加無言徒刑的妳，無疑是可以成為吟遊詩人的。至少妳也足以成為正直列舉我罪狀的說唱人哪。

維泰勒的小瓶子是被埋起的火焰，是埋進地底的燈塔。從那兒所傳出的歌聲，是以織線連結起來，直接就傳入了耳中的打字機聲響與妳心臟的鼓動，是航路標識背後的各種地標。ㄍㄜˋㄊㄚˇㄊㄞˊ、ㄍㄜˋㄊㄚˇㄊㄞˊ，地上保安廳開始為您播報維泰勒燈塔的氣象狀況。時間是十二點五十五分，維泰勒燈塔處吹東風，風力八米每秒，波高不明。結束。地上保安廳，這裡是維泰勒，再見。

我會再寫信給妳。下一封，我會寫得更為陽光一點，更昂首前行一些。

好冷好冷的初春月下——

第 11 封

〈山羊的信〉——你家那可愛的姪女以前喜歡的歌嘛。我有時候會好玩的拿著那個唐納王子鬧著她玩，把她鬧得哭哭啼啼的之後，她一轉頭就又忘了，拿著小雞奶嘴與小兔手搖鈴當成兩隻山羊，一下子把兩隻山羊湊得近近的、一下子又分得開開的，歡歡樂樂的唱歌。那兩隻小雞跟小兔怎麼看也不像山羊，而且還是黃色跟粉紅色的，到底哪隻是黑羊、哪隻又是白羊啊？但她就是完完全全隨著詩歌那永遠不結束的循環不停的把看不見的信一下子拿到這頭、一下子又拿到那頭。至於那位不被接受的唐納王子，則一個人被丟到了沙發底下，一副垂頭喪氣的樣子，我現在都能回想起它那副模樣。

我們一直看著她玩，百看不厭。

「我們會看著她，妳去看看電影或是逛街吧，去喘口氣。」

你說，勸你妹出門休息，但我知道你只不過想獨佔你姪女罷了。陶醉在歌曲裡頭的她一點也沒有發現母親不見了，只要唐納王子別進入她視線裡頭，她一點也不在意。她穩穩的坐在地板上，把奶嘴跟手搖鈴各擺在自己的膝蓋右邊跟左邊，每當要寄信的時候就得越過膝頭山。不曉得為什麼，連這麼小的孩子，也知道書信這種東西是要給在另一個地方的某個人的。我們只能默默凝視著眼前這謎團。抓著奶嘴的指頭前端的指甲、露出了裙外的小腿、被口水沾得紅嫩的嘴唇還有那永遠唱不停、永遠不會結束的歌……。與她有關的所有一切都已奪去了我倆的心，眼前這小小的存在，正是一個無法思議的個體。

你我是那樣感謝窗道雄的歌沒有盡頭，因為這樣，我們才能盡情聽她唱個夠。她沒有發現，要是真的想把信寄給山羊，其實需要沙發底下那位唐納先生的幫忙，只要貼上了唐納先生的郵票，山羊想說的事就可以被好好送到山的另一頭呢。

不怕你誤解，我老實告訴你吧。當年在一旁守著你那一個人玩得很開心的姪女時，我心底其實一直有一種難以理解的欲望，很想要逗她哭。為了怕你識破，我需要非常忍耐才能壓下心中那股欲求。當然我不是討厭她，剛好相反，實在是她太可愛了，箭尖反向射穿了我的心，或許應該這麼說才對吧。

好啦！趕快撿起王子，稍微擠出一些可愛的聲音往她的臉靠近，這樣就行了。這樣警鈴就會大響，時間啪然停止，悠哉的山羊會被隨手丟開，信紙會起火，小孩會哭。哭聲很快會取代歌聲，淚水與鼻涕齊流，大得與小小眼睛不成比例的水滴會沿著下巴流下，年幼的孩子卯足了勁的大哭。她會被她自己的哭聲所封閉。到底哭到哪裡才是盡頭，沒有人能決定，就像〈山羊的信〉一樣。快一點，就在沙發底下呀，那個妳用花邊剪刀做的好醜好醜的玩偶……。是啊，有人在我耳邊這樣子慫恿我。為了揮開那喋囁慫恿，我只好以不成聲的聲音比她更大聲唱著〈山羊的信〉。

對了，說到這，我忽然想起我書櫃上應該有一本窗道雄先生的詩集，於是請看護讀給我聽。

「妳怎麼會記得哪一排的右邊數來第幾本啊，怎麼記得那麼清楚？」

她在朗讀前先敬佩了一番，因為在我提到的地方，確實擺著那本詩集。

「哪像我家的櫃子裡到底有什麼東西擺在哪裡我根本就不知道，亂得喔——！」

接著她就整理整頓這件事到底有多惱人發了好一會兒牢騷後才開始朗讀。不過她這個人就是這樣，很愛說話，很親切，是位非常好的看護。無論請她幫我讀什麼，她都會大聲而昂揚的唸。

中途我突然注意到了這樣一首詩，名為〈若只，豈不是〉的詩。

人會
哭
笑

歌唱
說話
祈禱
低喃
大喊
陳述
把這些／分開使用

若只會
哭
豈不是／很糟糕嗎？

就像麻雀

蟬

豬

牛或者

青蛙那樣……

豈不是……

不是噢，不是噢，不是那樣噢，我差點就要這麼跟窗道雄先生說。就算昆蟲或動物們在笑、說話或祈禱時沒有特定用來表達的語言，我們也用不著覺得它們不夠好。毋寧相反。毋寧我們更應該羨慕。因為它們只要「哭」，就能夠表現一切了。哭，便包含了所有。它們從久遠久遠以前便頓悟了這真理，因此沒有吵吵鬧鬧，只是用適合自己聲帶的聲音去哭出來而已。

窗道雄先生詩中舉出的那些行為裡，我現今還能做的、還能跟外界表達的，就只剩下一樣了，哭。就算不動用到肌肉，也能自自然然讓眼淚從眼皮周圍湧現，這到底是為什麼呢？為何如今已經連一根小指頭或一顆眼球都無法使喚的我，就只有眼淚這東西，能夠毫不費力任憑它落下？我怎麼想也想不透。但一想到自己現在唯一一件能夠辦得到的事就與麻雀與青蛙一樣，我就覺得好過多了。就讓我堂堂正正的哭吧，不禁這樣想。

我最喜歡的一首詩叫做〈小鳥〉。

天空的

水滴？

歌曲的

花蕾？

如果只是用眼睛觸碰

可以不可以？

自從單單死了，我決心再也不養小鳥以後，每次看見野鳥便會真切感受到，啊，這真的不是人類應該碰觸的生物啊。小鳥不僅是柔弱得彷彿簡簡單單就能捏壞牠們一樣，小鳥還散發著一股神祕，好像牠們此刻不過只是正巧在變化途中，最終將會變身成為某種存在。就像窗道雄先生所說的，是花蕾。只是那變化的過程太過漫長了，超越了人類的尺度，因此我們誰也無以得見那花開的一刻。能夠在天空翱翔的，就只有鳥類，這已足以證明了。只有鳥能往人類不能企及的遙遠彼方前去，因此人類不應妨礙牠們。

單單會死，肯定是因為我一天到晚把牠放在我手心上，撫摸牠羽翼，把牠包在掌心中，又放進口袋裡偷偷帶去學校的緣故。每次我一撫摸牠，便從牠身上奪去了一點性命。牠美妙的輕啼原是為了呼喚已經先行飛往空中等待牠的親愛同伴，但我卻誤以為那是獻給自己的歌聲，真是多麼無恥的誤讀。

不過我現今還是覺得絕對沒有人能比我更能與小鳥心意相通了，我有這股自信。庭院裡飛來了綠繡眼或棕耳鵯的早晨，我會在眼瞼後頭輕輕輕輕撫摸牠們。唯有眼瞼後頭，是被允許輕撫小鳥的唯一場所。

這次你的信回得很慢，在等待的時候，我屢次一想起便哭。終究是會結束的，通信這事。我如此安慰自己，卻又自嘲這是多麼廉價感傷的句子啊，真是可笑。

不過有另外一個，我興味盎然的觀察著這樣的自己，我早已習慣想做什麼卻並不能隨心所欲，但沒想到，身體依舊有一些意圖放棄卻也放棄不了的行動，連我自己也感到非常新鮮。讀了窗道雄先生的詩後，現在已想通了其中奧妙。

說起來，原本就是在清楚信是不可能收到回音的情況下而寫，一開始就沒有必要等待。若果我取笑你是音癡的那封信成為了我倆最後一封信，那也沒有誰會有什麼損失。能夠永遠寄來寄去寄個不停的，只有山羊的信而已。

真正讓我落淚的，是我在盼了好久好久終於盼到的你的信上，看見了船舶氣象預報的那些話。

「結束，再見。」

長詩的朗讀聲又再度甦醒。原以為早已淡忘，卻只不過是自己輕忽大意。那不曉得是男是女是生或死，停留在足以一眼望盡地球的宇宙中一點的某個誰。那擁有似鳥之聲，叫著「ㄍㄜˋㄊㄚˇㄊㄞˊ、ㄍㄜˋㄊㄚˇㄊㄞˊ、ㄏㄠˊㄅㄚ、ㄏㄠˊㄅㄚ」的某個誰。

不曉得那人現在好不好？發明出了新機器，政府單位的做事方法也改變了之後，他還是一個人，繼續朗讀嗎？

想起他絲毫沒辦法確認自己的聲音被傳送到了何處，孤自被遺留在黑暗中的身影，我便覺得心頭茫然，感到難受。他那完全曉得不可能收到回音，但還是繼續發聲的背影看起來是那麼孱弱，隱入了周邊的黑暗中，彷彿就在當下這一刻他就要消逝了。唯一足以作為印記的，不過是他每次規律重複完「結束，再見」後，那背後傳來的顫抖。

那是鳥兒吧，果然。背上隱微可見的那個是羽翼，而那顫抖，看起來很像是鳥類剛結束完長途飛行時，為了確認地點沒錯，而在上空盤旋了一陣子後終於某一定點盤旋而下之時會有的，僅只一次的短暫的鳥尾抖動，那感覺就好像是牠對於自己所畫出的足跡之漫無邊境也感到了一陣昏眩。

「結束，再見。」

一個音節，隨著一個音節，接連不斷被吸入了震顫的昏茫之中。

如果是這樣，那聲音的主人，便是勇敢引領同伴前往最終地點的勇士了。背影之中所透露出來的無限孤獨，是最適合勇者的勳章。如果那是單單的話，我會覺得很光榮，牠絕對具有這個資格，畢竟牠是「孤單一人」的「單單」哪。長詩朗讀，是為了讓後續者免於迷途的信號，當牠們在疲累得無法動彈之際能夠帶給牠們鼓勵。

不過話說回來，結束，不就代表了再見嗎？我又再度沉吟了這個句子。結果我產生了完全不同的想法。噢——原來是這樣啊，是相反。是當同伴全都離去了以後，被獨留下來的迷了路的孩子。詩，是牠的告別，告訴同伴你們別管我了，走吧、走吧。至於長篇則透露出了遲遲難以說出最後一句的依依不捨啊。

我到底想說什麼呢？我想你已經看透了。我與你一起並坐在沙發上傾聽從無線收音機中流洩出來的那個聲音，其實是未來的我所說出的字字句句。我因為知曉了自己未來將在哪裡朗讀著那永遠的詩句而流淚，那是我從眼瞼後側的幽暗裡所送達的聲音。

淚流不止。在沙發上，你的手指觸碰到我的時候。我揮開了那手，而你前往我所不知的城鎮旅行時，確定我倆再也不能相見的時候，我像是要把原本該流的份給流完一樣，哭個不停，像是要承受當年害你姪女哭泣的懲罰一樣，哭了又哭。看護靜靜為我拭去了眼淚。

「我把它放回原來的地方喔，不然以後不曉得到底放到哪裡去了。」

看護說完後將《窗道雄詩集》又放回書架上。我猜你應該也是吧，儘管我們的書櫃不像圖書館那樣分門別類收得好好的，我們都清楚自己的書架上有什麼書放在什麼地方，多少有底。書背的色澤、書名與作者及出版社的字樣設計、紙質跟書籍尺寸的差異，這種種種種所醞釀出來的獨特氛圍，就漂散在了書櫃之中。右邊正中央以上，是暖色系的，有點凹凸不平；左下角是方方正正的很穩實。有時候偶然間並排在一起的書籍名稱剛好串成了一串令人印象深刻的文字，彷彿就在那個角落裡，隱藏了一個獨屬於自己的新故事一樣。譬如像這樣：《長腿斑比車輪下》、《化身小家鼠不按兩次鈴》、《麥田晚宴失格》。

所以那根本沒有什麼好值得看護驚訝。不管是書櫃或擺在上頭那幾本特別珍貴的書籍內容，全都被我收在腦內這最、最安全的保管之處了，想來是跟埋入土裡的那些藏在維泰勒小瓶子裡的詩稿一樣安全才對。

不過那份被縫進了旅行袋提把裡的手稿，恐怕在抵達奧修維茲之後就馬上與詩稿主人在月台上離散了。至今仍舊被保管在奧修維茲的大量行李箱，如果去一個一個仔細調查的話，搞不好還能找出當年被藏起的一字一句。但當然，為了沒收被私運的貴金屬類，當年早就查過了那些行李箱的雙層箱底與隱藏式夾層袋（負責這些作業的，居然又是他們同為囚犯的同胞，這是一種特權工作，所以在一定期間後，這些人通常也會被送進毒氣室）。那時候應該也搜出了一些筆記呀、日記呀、信件或論文之類的東西，那些東西想來除了被當成焚火的材料外，實在很難想像還會被眷戀成其他用途。儘管對於它們的擁有者來說，它們是比寶石更為珍貴的物事。

我想起了維克多．弗蘭克㉕的作品《活出意義來（Man's Search for Meaning）》之中，有這麼一段描寫。他在抵達奧修維茲之後馬上就被送進了消毒準備室，那時候他向一位資深囚犯請求，想把收在外套口袋裡的一疊紙張拿出來，可是老囚犯毫不留情咒罵了一句髒話便拒絕了。那疊即便在艱困的貨車旅途中也沒有被他丟棄的紙張，是一疊學術書的原稿。

在奧修維茲的展示區裡，跟頭髮、鞋子、眼鏡、牙刷一樣，行李箱也一路堆到了天花板處，堆滿了整個室內。它們之中有許多都用白漆大大的寫上了名字、地址，以便日後能確實送回自己手上，而在一些大型皮箱之間的縫隙裡，隱約還可以看見一些小孩子用的籐編提籃。

誰能斷定這些行李箱們沒有一個自己的密室，藏著許許多多的字字句句呢？伊扎克．卡茨尼爾森都能想出把東西縫進提把皮革中這種嶄新的作法了，我們又怎能想像得到，那些被逼入了絕境的人們會在什麼地方找到空洞，藏住被自己看得跟命一般重要的紙片呢？把五金零件割開，折起藏進縫隙裡、塞進鑰匙孔中、跟縫補用的線團繞在一起壓縮成假飾釦……。抄寫的詩句、速記符號寫成的原稿，就那麼在沒有人看見的地方繼續沉眠。行李箱們堅守著任務，一逕只是沉默。在那無數的話語之中，肯定也有一本瑪戈的日記，被擺在存放了現實世界中既存在卻也化成了泡影的字字句句的書櫃裡頭。

㉕ Viktor Emil Frankl，1905～1997，奧地利精神病學家、集中營倖存者。

書櫃上擺了一張裱了框的你的人像速寫。你所有照片我都燒了，唯獨有這張速寫，不曉得為什麼還留著，是你快九十歲時候的模樣。

那是我們去哪兒玩的時候呢？我記得的確有個優美的湖，我們搭著小舟，所以應該是個山區的小鎮吧？我倆用過早餐後想趁火車時間還沒到之前到處走走，於是爬上了旅宿後頭的小山丘，晃到一個小小的舊城址公園。那天正好是假日，好像當地辦了個市民同樂會，正在準備中。我們看見一些工作人員，有棚子搭起、擺上了長椅也立起了招牌。「吐櫻桃核比賽」、「小動物近距離接觸區」、「剃羊毛秀」、「手工蘋果派大賽」等等，辦了些看起來很有趣的活動。

就在會場最後頭的草地上有塊鋪了白毯子的角落，是張很大、看起來毛很軟很舒服的地毯。可能是聽見我倆在討論那邊不曉得是做什麼用的吧，櫸木樹蔭底下的人主動對我們招呼。

「這邊要舉辦寶寶爬行比賽。」

那是一位眼神很溫和、人感覺很乾淨的年輕人。他坐在一張休閒折疊椅上，也沒特別幹嘛，只是優哉游哉喝著水壺裡的咖啡。

「看哪一個寶寶最快從地毯的這頭爬到那頭去，那個寶寶就贏囉。」

我倆點頭。

「爸爸媽媽會待在終點線前用玩具引誘他們，這是市民同樂會裡最受歡迎的項目呢。」

說是最受歡迎，可是我們還沒看見半個寶寶，只有終點線附近排著一些玩具，地毯上空空如也。

「每年大家都很期待在有線電視台看見這個活動轉播呢。」

仔細一瞧，那年輕人腳邊整整齊齊擺了一些畫具跟洗筆筒、畫板，好像想收進樹蔭底下一樣的擺著。

「是人像畫啦，小寶寶的。」

我倆還沒開口，他已經先回答了，不過那語氣之中半點也沒有過度主動的味道。風一吹，從樹梢間落下的陽光便在他眼邊掠掠晃晃的。

「其實很受歡迎呢，還得排隊。因為小寶寶的爬行期其實很短，今年不參加，明年就沒辦法了，可能是因為這樣，大家都想留個紀念吧。」

這個時候，似乎有卡車載來了移動動物園，周圍忽然熱鬧了起來。不曉得是雞、狗還是羊的叫聲隨著風兒傳了過來，只有正在等待小寶寶的地毯上頭還是那麼靜謐。

「不過我畫的不是現在的臉龐喔。」

年輕人說。

「我專門畫未來的臉。」

咦？我們同時驚呼。

「你意思是……？」

你這才第一次開口問。

「我會想像小寶寶長大了以後的樣子去畫。」

「那是大概多久之後的未來？」

換我問了。

「都可以啊。看要十年後、二十年後或者五十年後，客人想畫多久以後的，我就畫，多少年後都可以。」

年輕人回答。

不曉得像那樣子的畫家是不是很罕見？至少我從那次之後就沒再見過了。但如果找遍全世界各個地方，或許會在什麼觀光景點或節慶的角落裡看見他們坐在那裡吧？

總之他會先觀察眼前人的骨骼、鼻眼架構、肌肉特徵等等，推測對方將來的模樣，接著畫在圖紙上。他說他一邊學法醫學一邊上美術學校，還提到他也幫忙繪製失蹤兒童成長後可能會長成什麼樣子的肖像畫，協助搜尋。很明顯，那個人應該擁有與眾不同的繪畫技巧。不過除了技巧之外，他那對眸子也令人印象深刻，看起來好像就要把日光給吸進眼底一般。那算是什麼顏色呢？不曉得為何，我竟沒辦法辨清那對眸子究竟屬於什麼類型，太過深邃了，深得彷彿顏色都沒辦法折射到表面似的。非關色彩，那是一對盈滿了深度的眸子。

參加寶寶爬行比賽的寶寶不可能會乖乖的讓他畫圖。莫名其妙被送去爬行，沐浴在眾人目光底下，有些寶寶應該會開始大哭大鬧，也有些寶寶應該會累得睡著吧？但無論是隱藏在肌膚底下的頭蓋骨微妙弧線、各個部位的平衡感、肌膚與頭髮的質地等等，所有潛藏在各個部位的變化跡象都難逃他的眼眸。他凝望還沒有人遇見過的，甚至連被描繪者本身也還沒有看過的臉龐，那的確是實存於這世界然而還未曾存在的臉龐。

「如果有時間的話，讓我畫張圖吧？」

年輕人提議。

「我不收費用，這是我的規矩。每天第一位客人，我都會免費畫。」

一抹讓人看了覺得很舒服的微笑揚現在他嘴邊。

「咦，時間的話，多得是，可以嗎？」

你忽然也乘勢展現出了興致的時候我覺得很不舒服。一來你沒跟我商量就決定，有點太突然，二來不收錢的服務令人心頭有點壓力，該怎麼說呢，那種感覺？可是我也還來不及說什麼，你就在那年輕人的面前坐了下來。他拿起洗筆筒放好，打開了畫具箱。從移動動物園那頭傳出了更鬧更吵的哄鬧聲，不曉得動物們是不是從卡車上下來了。

「想畫幾年以後的呢？」

「五十年吧，麻煩你了。」

我忽然這樣說。其實幾年以後都沒關係，這不過只是旅途上一個小遊戲，就像拐進了一家土產店看看逛逛，可是我當時不曉得為什麼，被一股自己也無從分明的確信所驅使，倏忽就答了五十這個數字。

如今我已經明白當時自己那股心情了，我想。我一邊裝得天真，說什麼五十年後再來看看你跟這張肖像畫像不像哦，其實心底被一股可能成真的預感給攪得心惶惶的。五十年後的你，我肯定看不見，雖然不曉得為什麼，但是五十年後的我們肯定會相隔遙遠，異地分離。

「好啊。」

年輕人把圖紙夾在畫板上，從畫具箱中取出了調色盤跟畫筆，開始盯著你看。很明顯的，他那對深邃的眸子已經看進了你眼底潛藏的地層底處，我腦中馬上閃過懊悔，但已經太遲了。一回神，那年輕人已經飛快落筆，連一絲猶豫都沒有。

不曉得為何畫出來的是一張側臉。我連好好欣賞的勇氣都沒有，只能堆出一點笑容，從旁邊稍微瞥了一眼。那側臉，看起來很像你在用打字機打字時的表情。

「換妳吧。」

年輕人這麼招呼，好像很自然一樣。

「咦，我也要嗎？」

「是啊。」

他颯爽的說，反而那真誠的眼眸令人無法回絕。

我那幅肖像畫後來畫成了什麼樣子呢？我自己倒是沒什麼印象，老實說。我倆交換了在那兒畫的肖像畫後，各自收進了各自的行李箱底下，之後也沒機會交換欣賞，就來到了今天。我對自己的肖像畫雖然印象模糊，對你的倒是相反。我把你的側臉裱框起來，放在書櫃上，亦即將它深深埋入了我腦內的地層之中。

「這位是誰呢？」

有時候新來的看護會這麼問我。

「是伯父嗎？」

也有人這麼問。我沒點頭，也沒搖頭，只是沉默。我並不覺得他們失禮，只是想著，文字傳輸裝置好像有點接觸不良噢。

那些準備參加寶寶爬行大賽的選手們依然還沒現身，櫸木樹蔭底下，只有我倆與那年輕人。漸漸增強的陽光照亮了白色絨毯，我們似乎沒什麼時間幫那些肯定會搖著包著尿布的圓滾滾的屁股上上下下，用口水與眼淚跟吐奶把那片白色給染得亂七八糟的小寶寶們加油了。火車的時間已經快到了。

我們好好跟那年輕人道謝後與他告別，單手拿著畫紙走下了山丘。原先一路追著我們的那個移動動物園的鳴叫聲也漸次遠了。

「ㄍㄜˋㄊㄚˇㄊㄞˊ、ㄍㄜˋㄊㄚˇㄊㄞˊ、ㄏㄠˊㄅㄚˋ、ㄏㄠˊㄅㄚˋ」。

現在回想，當時那些叫聲似乎是這麼叫著。這樣的話，在小寶寶爬行大賽的終點線前，應該也並排著你姪女的奶嘴、手搖鈴、黑羊與白羊，還有唐納王子才對。

不曉得那位年輕人幫忙繪製肖像畫的那些失蹤的孩子，後來有沒有找到？我的肖像畫，在一個我自己絕對無法抵達的時間的我，至今是否還在你手邊呢？

抱歉這次信寫得這麼消沉。

寫於聆聽《華氏451度》有聲書的夜晚——

第12封

小鳥的親吻——有句話是這麼表現的。輕且溫柔，似觸碰到了又似沒有觸碰到，維持著微妙的距離。窗道雄的〈小鳥〉真的以少少的字數傳神展現出了這種小鳥的親吻噢。不管是水滴或花蕾，被他那樣用文字記述下來，感覺好像都成了沒有確切輪廓、不存在於此世的事物一樣。

如果只是用眼睛觸碰
可以不可以？

鳥類會用鳥喙輕輕的觸碰飼主。以前我養了可以放在掌心的小鸚鵡時，曾試過在口中含著唾液，讓小鸚鵡用粉紅鳥喙輕輕啄看看。我的想法是若是讓小鳥輕啄我自己體內湧出來的體液，會不會比讓牠喝鳥籠裡的水更容易跟我建立起親密關係呢？一開始很緊張，我一把嘴巴張得大大的，鸚鵡便沿著手臂輕快爬到我肩膀上，我臉一轉向牠，牠那小巧的頭部便完全埋入我嘴中，上上下下抖動著頭，像是在確認味道一樣。小鳥不只是輕快，小鳥是把「輕」給物質化了，並且擁抱著那輕。我同意妳說的「小鳥還散發著一股神祕，好像牠們此刻不過只是正巧在變化途中，最終將會變身成為某種存在」。小鳥飛翔時，那股神祕性讓人感受不到，但卻在人觸摸到牠們的時候，完全讓人清楚明白，同時也聽見了「ㄍㄜˋㄊㄚˇㄊㄞˊ、ㄍㄜˋㄊㄚˇㄊㄞˊ」的聲音。

小鳥輕啼的聲音在法文裡叫做「cui-cui」。不是「各塔台、各塔台」，而是近似「ㄘㄨㄟˊ、ㄘㄨㄟˊ」的發音。ㄘ的發音很神奇的聽起來很悅耳吧？從前我之中的另一個我提議要幫妳拍照時，妳一開始不接受一般的閃光燈相機。妳說，如果是爺爺以前用的箱型式、機身是蛇腹的大時代相機，也就是使用大型單張頁式軟片而不是膠捲的，妳就願意接受。

我看到妳在這回信上提起以前我們跟那位畫肖像畫的年輕人之間的對話，才想起了一件事，以前我在湖畔家裡幫妳拍照時，妳跟我提過單單的事。咦，也不對，搞不好是在一起生活之後妳才跟我提起了單單。在一起生活後，妳還滿常跟我提起妳小時候的事。孤孤單單的單單。抬頭向前走，看著那張臉龐的天空彼方的單單。黎明期的相機曝光時很花時間，往往被攝者在攝影師說好之前連一動也不能動，嘴巴閉得緊緊的努力等那時間結束。拍攝全家福時，小孩子也會一起拍，可是小孩子並不習慣乖乖不動，畢竟這對大人來講也很難。

於是攝影師就開始想辦法囉，要怎樣才能讓被攝者維持專注的時間久一點。他們想出了一個花招，假裝有小鳥被關在暗箱裡頭。好了，要拍囉，等一下小鳥會從這裡飛出去喔，大家要仔細看噢。在這種情況下，讓好幾個人的時間暫停，把他們通往未來的當下此刻這一瞬間給擷取下來的，是一種概念上的小鳥。輕輕啄著我口中液體的那些小鳥們，從他們眼前的黑木箱裡頭飛出來，而整個照相館因著這些小鳥的存在而成為了一個大暗箱。「好囉，小鳥要飛出來囉～」之所以用這個完整語句來吸引所有人的目光，而不說那句神奇咒語般的「要拍囉，YA～」乃在於那不可見的小鳥，成為了將所有被攝者帶出了時間以外的一種特別裝置。攝影師代替小鳥啼鳴。cui-cui、cui-cui，有時聽起來像kiwi、kiwi，跟紐西蘭那些放棄了羽翼，決定在地上生活的鳥兒們是一樣的叫聲。雖然體積大小不太適合被稱為小鳥，可是就不具有羽翼這點來看，我想我們也可以承認牠們是「一種進化的最終型態」，不是嗎？

牠們說完了再見後，飛向了何處呢？是飛往我們所知道的未來，還是飛向了我們所不知道的過去？從前我聽說那些在宇宙空間中知道自己的母國已經瓦解的消息的太空人的事情後備受衝擊，隔年，在當時所租借的一間房間中，用前任房客留下來的一台舊電視在某晚看了一部紀錄片。那是一台非常有東歐國家製造出來的產品風格的粗獷的電視機，映像管正面幾乎像球體一樣呈現弧面膨脹，因此畫面正中央與畫面邊角的色彩濃淡及影像輪廓也不一樣，把房裡的電燈關了後，在黑暗之中看它的話，會陷入一種彷彿正從一個小小的窗口偷窺太空船內部的錯覺。那個節目是關於一位住在加拿大安大略湖附近的雕塑家利用自己打造的輕航機，完成了與野雁一同翱翔於天空中美夢成真的故事。那位雕塑家從小就很喜歡飛機，夢想著長大後要當機師，可惜他的色覺異常，因此斷了這條路，後來便開始自製飛機，期待有天能自力飛翔。有一天，他在電視上看見了不曉得在哪裡的湖泊上，有個男人划船領著一群雁子前進，於是這激發了他的靈感。他想，既然水面上可行，沒道理天空中辦不到吧？於是他便開始改良機身，以利長時間飛行，並且也利用鳥類的銘印本能㉖，誘導雁鴨以為自己就是牠們的母親，訓練雁鴨們一直跟在他機身後面。

這一天終於來了，他們飛上了天空。一起實現了「雁行」這兩字所描繪的，翱翔於蒼天之中的美夢。我看著男人的少年夢在顏色不時蒼茫的舊型映像管電視中播放，逐漸感覺自己好像也跟那些野雁在同樣高度，以同樣速度，朝著相同方向飛往空中的旅程。

後來那成果超越了一個男人的夢想範疇。既然能夠帶領著鳥群於天空中翱翔，那麼是否也能以親鳥的身分，教會牠們新的飛翔路線呢？是否也能為牠們指出往後應當會被牠們代代傳承下去的新路徑呢？候鳥的飛行航線不但是一種依靠本能力量，更是透過親鳥傳承給幼雛，代代傳承了幾千年下來的學習成果。即便地表遭到了人為破壞，景觀已經改變，候鳥依然能夠正確無誤的沿著既有路線飛翔，原因就在於牠們擁有某種既定不動的指標。有一種候鳥會在移動時橫渡內海，但是牠們的飛行路徑如果從飛行距離與地理條件來考量的話，並不是一條合理的路徑。因為如果要保留體力，牠們應當要選擇水面飛行距離較短的海峽通過，可是牠們卻刻意

㉖始於生物學家羅倫茲的動物行為理論，認為雁鴨從蛋殼裡孵出來時會把牠們看到的第一個會動的東西視為母親。

從完全沒有降落地點可以休息的內海筆直飛過，而沒有選擇最短路徑。

為什麼會嘗試那麼魯莽的作法呢？鳥類學家覺得很難理解，於是試著將牠們的路徑對照了以考古學與地理學成果為基礎的地圖之後發現，原本以為牠們是冒著生命危險飛行的那條路線，其實在遠古時候，是最為安全的路徑。如今的大海在太古時代是片淺灘，到處有岩石可以讓野雁暫時收起羽翼休息，只是後來大自然的巨大力量改變了地形與大海的形貌。那批在雕塑家帶領下飛翔的野雁，後來便隨著季節變換，沿著看不見指標的天空路徑繼續移動往返，而雕塑家的創想與實驗成果，也於是與企圖拯救候鳥生存危機的學者們的夢想結合在了一起。因為候鳥在遷徙途中的休息地環境已經隨著濫捕與極度氣候變化而惡化，繼續沿著相同路徑往返已使候鳥陷入了生命危機，可是候鳥並沒有辦法自行改變原本最初傳承下來的飛行路徑，只能捨命繼續守護那老早已不存在的原始路線。這從某種層次上來說，也可以說是回溯到最初飛翔過那段路線的時間點，是一種回溯進化的過程，而在百般曲折之後，那位雕塑家不僅改變了加拿大野雁的飛行路徑，甚且成功帶領牠們飛到了安全過冬的地點。這一連串發展，在雕塑家的企劃下化為了影像，後來又過了幾年也被拍成了電影。

我當時看完了這樣一個尺度如此廣瀚的節目後，整個人都呆掉了，一邊被這樣一種奇蹟所打動——打造出一艘可以翱翔於青空中獨屬於自己的船，攜領鳥類共同漫舞，朝向相同方向前進——一邊也感受到其中彷彿有什麼人類過於本位主義的負面成分在內。我不由得覺得，候鳥遷徙這樣一種行為中所具有的某種無謀又魯莽、就算力竭而死也要拍動自己的雙翅直至最後一刻的壯闊飛行的本質似乎被不當扭曲了。這種學術性的嘗試，與說「嘿，小鳥要飛出來囉！」的那種早時相機拍照時用來促使時光在暫時停止的同時也繼續朝向未來前進的手法，所暗示的是完全相反的路徑。這不像是船舶氣象預報在報導各塔台周邊情況時那樣，只要事先決定好路線與距離，再來確認過氣候條件後就能抵達目的地那麼單純。我想我在心底，某方面是狠著心腸，認同鳥類一去不返、不知消失至何處的悲劇性。

話說回來，什麼事情只要一經過妳那同時以溫柔與殘酷為表裡的心內濾網一濾過，倏然就輪廓鮮明了起來呢。我不時覺得，我之所以會長時陷入茫然自失的困境裡頭，起因就在於我與妳這樣的人分離了。妳能從本應沒有什麼的地方採擷出一些什麼，附著在原本什麼也感受不到的第三者身上。妳的聲音、妳的文字，彷彿逐漸縹渺淡去，但想來是我自己的感知能力劣化了吧？我若消失，妳亦滅沒。我若不存在，想著我的妳亦不復存在。又或者——雖然有點僭越——在生與死的兩頭架起了橋樑的妳，此刻是否稍微衰弱了一些呢？有沒有什麼我能做的？我是如此不安，惶惶然無措，心頭上像有什麼在騷動著一般。那時候那氣若如絲彷彿是從紙筒電話所傳出來的「ㄍㄜˋㄊㄚˇㄊㄞˊ、ㄍㄜˋㄊㄚˇㄊㄞˊ」的聲音，若是由「未來的妳」所發出來的，那麼我們往後人生很多事情都可以理解了。我在那之前，有好幾次都想讓妳聽聽那廣播卻又猶豫不決的心情也就可以說得通了。

我大概是在害怕吧。害怕確認我倆之間的距離。電波會將隔閡溶進大氣之中，讓人忘卻兩地相隔的事實，而妳作為一個媒介者的力量要想盡情發揮得毫無遺憾，無論如何，必須要有距離的存在。要想重新製造距離，就必須讓那塔台的聲音擺擺盪盪搖搖顫顫、讓自己拚命與那不時斷訊般摻雜著雜音難以聽聞的聲音同步。然而要與就近在身旁的妳保持距離，那是如何殘酷的一件事啊。要確認往返於妳我之間的候鳥遷徙的軌跡，等同於必須要承認雙方之間有一個點是一直偏離了原本的場所的、必須認可那矛盾的狀態。結束，再見。那無比孤寂的聲音哪，是來自無法抵達的異星球所傳來的信息。

我之所以會對人類插手鳥類依靠本能踏上的遷徙路徑做出指示這樣的作法抱持一絲疑慮，也跟這有關。說起我們這島國常見的候鳥，便是從北方來，又回到北方去的那鳥兒，牠們到底為什麼要冒生命危險飛向極寒之境呢？國中的理科課程上，告訴我們地球的自轉軸朝著公轉軌道平面的垂直方向傾斜了二十三點四度，也就是說，相對於地球一年內環繞太陽轉動的公轉軌道平面來看的話，便是九十度減掉二十三點四度，等於六十六點六度。這個偶然的轉軸傾斜，讓地球得以出現繁麗的四季變化。

某位生於北方的詩人曾有過這麼一種發想，毫無科學與學術根據，就純然只是出於一種詩性的直覺。他在不斷推敲詩的根源究竟源起何處時，提出了一項彷彿詩般的、令人難以置信的假設。他——詩人吉田一穗這麼說——候鳥之所以北返，是因為那是牠們飛往盡頭的重生。被覆蓋於永久凍土與冰雪的寒冷海洋底下，長眠著先前我也提過的淺灘等等的盎然綠地，而候鳥們所飛返的，便是牠們祖先代代流傳下來的一處幻夢溫暖之境。如果我們考慮到從前地球與公轉面的垂直方向傾斜了三十度，一切便說得通了，候鳥是飛往從那角度算出來的極地，詩人這麼說。

如果我是那候鳥群中的一隻，又或者，如果妳是那候鳥群中的一隻，我們就能把語言承載不完的思想送到不存在於任何地方的一片綠地上吧。無法回頭的鳥兒們飛向幻夢中的極地，只能不斷啼叫著「ㄍㄜˋㄊㄚˇㄊㄞˊ、ㄍㄜˋㄊㄚˇㄊㄞˊ」，持續送出虛弱的信標。至於送不送得到，完全只能靠賭了。候鳥傳送著這樣的言語，而那也許跟妳不借助看護的力量，獨自一人所完成的文字傳輸裝置有什麼相似之處吧。

*

有個舊城址公園的那個小小湖畔的城鎮。我們一把行李放在水深雖然不深，但透明度媲美貝加爾湖的那處湖畔旅宿後，便連休息也沒休息，走向了乘船處。沒有必要確認要不要划船，只要那裡有湖、有船可划，我們便會去划，這是我倆的習慣，妳以前也在信上提過。只是那個湖畔的一天，與我們向來的經驗有點不大一樣。妳記得沒錯，那天是假日，人特別多，沒有半艘搖槳式的雙人船是空的，全都被借走了。當我們知道還得等上半小時，正打算回去再來的時候，一艘白色天鵝船回到了乘船處。是一位父親與年幼女兒的組合。小女孩握住了男性工作人員伸出去的手，從搖搖晃晃的船身上踏上棧橋之後，便馬上飛奔進母親的懷抱。好好玩喔！她父親也追著她那開朗聲音跟了上來，臉上揚著滿足的笑容。我們一直看著那一家人的模樣。我們應該要有的將來、應當不會到來的將來。或許在那時候，已經重疊在了他們身上吧。

陽光毒辣，妳也沒戴帽子，偶爾划不是搖槳式的船也無所謂吧？我們只用眼神互相這麼確認過後便搭上了那艘白色的天鵝船。

「兩個人都在船上卻不能面對面，感覺好奇怪噢，好像犯了什麼重大失誤一樣。」

我那時候兩條腿已經全速踩動，一邊這麼說，妳倒是滿臉平和的轉向我回答：

「偶爾並坐在旁邊也不錯嘛，也有想要這樣的日子啊。」

接著我們便沒再說話。天鵝船兩邊開放，但聲音卻悶在船艙內，踏板聲彈上了頭上的頂板後又反彈回來，出乎意料很吵。不過我還是慢慢避開了人多之處，漸漸離乘船處愈來愈遠，移動到了恐怕無法在租借時間內回去的地方。我們總是習慣划向四周沒有其他人之處。

不過那一天我卻完全不曉得到底該將那隻白天鵝划向何處，失了準，完全看不見該飛去的方向。晴空之下，看不清湖泊邊際，從候鳥隊伍裡落了單，感覺背後冷汗直流，額頭上也滲出了黏膩的汗。沒槳可划的腳踏車一樣的強化塑膠製的小船，是一艘沒有連結了救生繩的太空救生艇。平時我總是自己一個人，靠著打字機的摩斯信號以及妳的心線撐過了孤獨時刻，但那天，兩人並肩而坐，我卻感覺彷彿掉進了更深更深的孤獨之中，感覺好像兩個人距離得更為遙遠了。我的氣息漸急，後背竄過了痛楚，雙腿緊繃而動作逐漸遲鈍。

忽然間，一塊白色的布湊上了我左邊的太陽穴，妳輕輕按著一邊幫我擦去了汗水，只說了一句，我們回去吧。往常向來坐在小船兩端的時候，妳伸手絕對碰不到我，所以看來並坐這種方式似乎也不壞呢。我心底有種欣然的感覺，像是得了什麼好處，但又拌雜著一種懷疑自己是否失去了什麼決定性事物的感覺，我如今想起了那感受。

不曉得什麼時候，幾公尺前方有兩艘不同顏色的天鵝船浮在湖面上。他們一邊激起水花，一邊與我們的船並划，像是在引導我們一樣。與他們整了隊之後，我的呼吸緩了下來，汗水也停了，等我們回到乘船處時差不多已經恢復了尋常狀態。剛上棧橋，工作人員馬上要我們支付超時費用，我的表情可能很不悅吧，原先一直沉默的妳忽然笑出了聲，跑去隔壁的小賣部買了霜淇淋回來。那是當地牧場擠採的生奶所製成的霜淇淋，好吃得都快讓人歪了腰呢。

隔天我們退房後，把行李先寄放在旅宿後過去散步的那處舊城址公園深處，沒有半個寶寶的「寶寶爬行比賽區」中的白絨毯從我的記憶之海裡浮了上來。那塊白絨毯的毛輕柔美好的豎起，柔白得一如天鵝羽翼。很顯然的，在那塊毯子上爬來爬去的絕不會是我們的孩子。那柔白的區塊，便表現出了這絕對的前提。現今我可以說說，我感覺什麼光景適合出現在那塊白色空間裡。假設我們倆之間有孩子，我想那孩子也會被混在貌似天鵝的幾個小嬰孩之中，被看不見的引領者帶領著振起背上的羽翼，飛向天空，朝著自轉軸三十度的大地而去吧？又或者像是我不知什麼時候跟妳說過的那篇阿爾封思・都德的故事一樣，被惡毒的託運行送去了什麼不存在的國度。那個移動的動物園只不過是一種偽裝，主辦單位其實正在等時間軸傾斜，算準了時刻，要把嬰孩們一個個送往未來。所以在那片樹蔭底下的那個年輕人——那個支配著我們此時此刻的年輕人——其實當時也在暗裡協助那個「寶寶爬行比賽」呢。

想像小寶寶長大以後的臉孔，畫出肖像的肖像畫家。將失蹤孩童的成長考量進去的作畫技巧，讓失去了生命、失去了容顏的人得以恢復臉孔的一種想像上的肖像畫。年輕人像一位熟知過去式、未來式與假設語氣的學者，在他自身的眼瞳之海裡——而非我們心裡——投下了時態的測量鉛錨，找出了不屬於任何時間的龜裂。正如妳所記得，那畫畫的年輕人這麼說——

「如果有時間的話，讓我畫張圖吧？」

而我這麼答——

「時間的話，多得是。」

那時間，指的並不是所謂出發之前的時間，而是應該要大寫的概念上的時間，我想妳那時候應該也當場察覺了。那年輕人說的是，如果有所謂「時間」的話。我之所以會立刻就同意讓他畫張圖，理由自不待言。時間這東西如果消失了，進化不會出現，退化也不會存在，我們兩個人也不可能變得「一個人孤孤單單」。那時候，妳立刻指定要「五十年後」的臉龐，妳那時候心內的畏懼，我也與妳共同。畏懼亦是讓人把照片燒毀這樣存在著悲傷、喜悅與憤怒的起火裝置。若要抹消時光，只要把照片抹消掉就得了。就像不想讓小鳥從箱子裡頭飛出來的話，只要把箱子破壞便罷。我的側臉既深深埋進了妳腦內的地層之中，也同時以幫忙妳的人能看得見的形式妝點在妳家嗎？到底是怎麼樣的側臉呢？我只記得我額頭往後退了一大片，長了一點像是古代綠地一樣的鬍子，但細部印象都掩在一層霧靄之中了。如今守護著妳的，不是當時的我，甚且也不是現在的我，而妳已閉上了眼簾，將今後將會到來的未來的我的身影，也給阻絕在了視線外。

ㄍㄜˋㄊㄚˇㄊㄞˊ、ㄍㄜˋㄊㄚˇㄊㄞˊ。化為光線的聲音是否能夠穿透眼瞼，傳入妳眼後的世界呢？妳記得我們以前常會一邊想著單單，一邊用收聽船舶氣象預報時用的那種非常可靠的採用通訊用真空管的小型擴大機，收聽同時也是一位鳥類學家的梅湘[27]的曲子嗎？《鳥類圖誌（Catalogue d'Oiseaux）》。當我推敲那些敘事詩，推敲到累得覺得好像丟失了救命的鋼索，整個腦袋都朦朧朧的時候，我就會吱咿吱咿踩著樓梯下樓去，去找正在編織的妳。妳從來不肯告訴我妳到底在編織些什麼，有幾次，我感覺好像看過妳在編織什麼嬰兒服一樣的東西，但或許只是妳後來送我的米色開襟外套的一部分吧。

那一陣子妳很疲憊，有時候手上還拿著鉤針人就睡著了。妳沉沉遁入了夢鄉，香甜得令我不敢開口喚醒妳，也不好意思伸手碰碰妳，只好放棄跟妳一起聽音樂的念頭，在妳身旁沙發上坐下來，戴上耳機，獨自聆聽梅湘的曲子。我聽的不是《鳥類圖誌》，而是在哥利茲第八戰俘營首演的《寫給末日的四重奏（Quatuor pour la fin du te）》第三曲目，由單簧管獨奏揭開序幕的〈群鳥的深淵（Ab me des oiseaux）〉。這是在法國凡爾登（Verdun）被德軍逮捕的作曲家於被移送至戰俘營之前的野營地南錫（Nancy）為一位單簧管演奏家所寫的曲子。那令人印象深刻的單簧管獨奏，在氣鳴的發聲方式上很像尺八，讓人聽見在氣鳴與氣鳴之間，穿雜了為了交換訊息而發出的不屬於自己的氣息。

當然，如果不是為了消除疲勞，而是想要接收一些不來自於此處這世界的激勵，《鳥類圖誌》絕對會是比較好的選擇。雖然沒有神似ㄍㄜˋㄊㄚˇㄊㄞˊ、ㄍㄜˋㄊㄚˇㄊㄞˊ的聲音，但畢竟是以鳥鳴為主題的樂曲，音色豐富，讓人聽哪聽哪，便覺得眼前開展了一片開闊的森林。不過我還是比較鍾情於〈群鳥的深淵〉。吹氣，吸飽了氣用力吹。用皮膚而非耳朵去聽，就必須要先下到生命底邊的底邊。真空管擴大機，讓鬆弛通暢的單簧管音色發揮得更為飽滿圓潤，減低了稍顯疲弱的部分。我想船舶氣象預報的音源，應該也是這樣強韌，讓人聽得出吸吐運氣的強弱，只是在傳達到耳膜的時候已經整體衰減，聽起來才會那樣模模糊糊的吧。

　我當初之所以讓那年輕人幫我們畫畫，並不是圖他免費，而是因為他的眼眸。他那對眸子能夠以有別於青色花束的方法捕獲微中子，讓複眼的清冷不至於輕

㉗ Olivier Messiaen，1908～1992，法國作曲家。

易被還原成青色，具有那種力量。我還留著五十年後的妳的肖像畫，與妳的照片一起。不管搬了幾次家，每一次我都會像那前往死亡之地的詩人將紙片縫進了提把裡一樣，把它收進行李裡帶走。只是我沒有把它擺在從我工作桌就看得到的地方，而是收進了信封裡。每年當到了我必須從妳身邊離去的那一天，我會把它拿出來仔細的看。說起來，那算是肖像畫嗎？妳被包覆在一層渺茫的霧靄之中，看著妳的這頭，與被觀看的畫作之間的距離，老實說還滿難測定的。只是那的確是妳沒錯，那張存在的輪廓被刷筆手法刷得朦朧的臉龐。五十年後。說是這麼說，可是那年輕人把時間的框架從那裡頭拿走了。像潛藏在時光深淵裡的鳥鳴聲所令人感受到的一樣，年齡的界線已經消失。

神奇的是每一次我把妳的肖像畫拿出來的時候，妳的臉龐總會有一點變化。有時候是我所尚未認識的少女時期的臉，有時候是我們在宇宙射線研究所船上那張怕生的臉，又有時候，妳的臉被漆闇籠罩得連我也難以判斷那到底是哪裡的誰。說起來，究竟那年輕人那時候目光所直視的是妳之中的哪些部分呢？

收聽船舶氣象預報那天，我的手冰冷得連唱片都沒辦法拿，一跟妳的手交疊在一起之後，我感覺好像皮膚都黏上了妳的皮膚，讓人擔心該不會就那樣子黏著剝不下來了。原因我不知道，只是那時候，我視網膜上清清楚楚映顯出了鳥類飛舞的姿態。冷至無法再冷，靈魂進入了超傳導狀態的時候，彼此的記憶與心象風景便會毫無窒礙的來往傳達。不是彼此交換，而是在雙方的腦海浮游。啊——原來是這樣啊，我腦內浮現了總是早我們一步跑到前頭去種下不祥之籽的那些人的臉孔。那之後的日子裡，在各個階段，不知道為什麼就是想阻擾我與妳同行的那些個影子掠過了心頭。那個只給了我們一張《玫瑰騎士》門票的女人、那個菸草行的婦人，均皆是那年輕人幫妳畫的那張肖像畫曾經變化過的一張面孔。妳穿越了時空，將各種容顏植入了我自己、植入了妳自己，接著，之後，妳便閉上了眼簾。

所以我正在等待。等待抽屜裡頭那張肖像畫的容顏又再度變回到妳最、最幸福時期的那一天，又或者，明確知道再也不會變回去了的那一天到來。曾經那樣日日夜夜相知相對，但那個夜晚，也許妳翻弄著妳的、我翻弄著我的，我們皆試圖從那無可取代的當下轉身離開吧。我闔上了眼睛聽著梅湘的曲子，不知何時，妳從睡夢中醒來，坐起了上半身，臉上還帶著睡意，伸出手指輕輕戳了戳我的臉問道：「你在看什麼呢？」妳不是說，你在聽什麼呢，而是你在看什麼呢？而我，並沒有在看任何東西。

如果只是用眼睛觸碰

可以不可以？

真是令人畏懼的詩。如果我現在能站在妳身旁，我就可以將眼瞼輕輕貼上那唯一一處還能動的地方了吧。但這麼一來，我們所一路共同見過的風景便將消失，一切將成為全像投影，溶進空氣之中。每次我看著妳那幅肖像畫的時候，便不由得要喚醒窗道雄的詩句。讓我引用名為〈風景〉的這首詩，今天就暫時在這兒擱筆吧。

風景
跟眼睛／有些距離
有些距離所以才
看得到
看見了
所以風景／在那裡
那雲底下／綿延成串

群山的／風景
畫出了Ｓ字型／往大海奔去
河川的／風景
風景的／美好
像在發光
像在吟詠
像會痛

因爲它總是
要跟看見的東西
保持距離才行

明明

自己就在那裡……

不用我多說，風景向來是很痛很痛的存在。不與對象物保持距離的話，就不能得見。得見，便必須把存在的傷痛給接收過來。我還映照在妳眼瞼的後頭嗎？知道被映見時的幸福雖然也同時牽引出了其他的傷痛，但總比沒被映見的不幸要來得好多才對。信寫得長了，剩下的，下一次再慢慢聊吧。但願我倆的風景永遠不會消逝，我打從心底祈求。

如月[28]尾聲的風景之中——

㉘如月為日本舊曆二月。

第 13 封

去旅行了一趟。不是很遠的地方，雖是第一次去，但原本就知道近期大概會去，已經在腦中想像過了無數次，所以去了的時候覺得很熟悉，反而沒有新奇的感覺。那地方跟我想像的相去不太遠。原本我想再往前走一段的，也已經準備好了，但計畫趕不上變化是旅行的常態，我也沒料到竟然會出現走到半路就得回頭的狀況。

相比之下，候鳥的旅行顯得多麼高潔啊。去，決定要去了就不回頭。不退卻、不拖拉，沒有半隻鳥會沉浸在感傷裡。沒有地圖、沒有指南針，與氣象預報廣播也無緣，帶著與生俱來就那麼一副身軀就上路了。

要是候鳥不啟程，會發生什麼樣的悲劇？小時候我讀過的奧斯卡·王爾德的故事書《快樂王子》中早已透露出結果。小燕子成為王子的信使，把銅像身上裝飾的寶石叼去給窮人，因為錯過了飛向南國的時機而在天寒地凍中發抖著嚥下最後一口氣。我想起了跌落在銅像腳下的小燕子看起來是那麼的孱弱無力，令人忍不住同情。當然，雙眼空蕩蕩、全身金箔也被叼走，變成了人們鄙夷對象的銅像也很可憐，只是再怎麼可憐，他畢竟還是王子，是書名之中所揭示的主角，然而小燕子卻只是一隻不求回報，在付出了愛的代價下死去的燕子。

燕子的死骸，意味了所有「死」這個字的意涵。也許生時總是那麼自由自在翱翔於天空之中的小鳥在敗給了重力以後，會比其他生物更被殘酷的幽閉進死亡的團塊裡吧。若干年後，躺在我雙手之中的單單那小小的屍體，忽然跟無法前往南國那隻小燕子的身影重疊在了一起。

讀完了《快樂王子》後過了一陣，秋意深了，每次我見到還佇留在鎮上的小燕子時便很擔心，萬一在放學路上看見了牠們的屍體怎麼辦？提心吊膽的。不過我的擔心純粹是瞎操心，市鎮中心的銅像底下會出現死燕子的情況只會出現在故事書裡，野鳥是絕不會死在人類看得見的地方的。牠們很清楚哪裡是最適合死亡的場所。沒有絲毫狼狽，也不需要人陪伴最後一程，毋寧說，牠們是刻意選擇在沒有任何人看見的時候讓身子倒下。與長途遷徙出發時全然相同的寂靜，盈滿在牠們的羽翼內側。

我為你家那位可愛小姪女所讀的，是我從小時候就有的一本《快樂王子》。印刷已經褪色了，圖案也很老氣，每一頁都沾上了一些汙漬，但不曉得為什麼，她就是很喜愛那一本，每次來我們家時肯定會吵著要我們讀給她聽。你還記得她每一次聽得最激動的段落嗎？是啊，就是那隻燕子用嘴巴對著王子眼珠啄啊啄，把藍寶石啄出來的那一段。

「眼睛被叼出來了嗎？」

她問，臉上滿是不安，眉頭皺成了一團，聲音裡卻掩不住好奇。

「是啊，被叼出來了。」

我眼睛繼續看著故事書，回答她。

她開始把手擺在自己的右眼上，很害怕又很小心的開始從眼皮外按壓眼球。

食指指尖沿著眼球邊緣的凹窪陷了下去。小孩子的眼皮是多麼的柔嫩哪，感覺好像此時此刻她的眼球就要沾著黏液的線絲掉落下來了。

「啊，危險！」

我故意慌忙把故事書丟在膝頭上，發出響亮的喊聲。她嚇了一跳，趕緊把手從眼皮上頭拿開。

「好危險哪！再差一點妳的眼睛就要被弄下來了。不可以亂摸喔，萬一掉了下來，就再也裝不回去了。」

我打開王子的雙眼變成了漆闇空洞的那一頁。啊——糟糕，千鈞一髮！她全身顫抖著彷彿在這麼說，她眨了眨眼睛，確認眼球還在不在，把雙手一把壓在自己大腿底下，以免自己再做出什麼多餘的舉動。

「好囉，繼續讀囉。」

我回到故事書上，繼續讀下去。

她是個很天真、溫柔的小女孩。一直不厭煩的凝視著王子那已經變成空洞的雙眼，測量黑暗的深度。每次翻過那一頁的時候，她特別輕柔，像是想要稍微緩解一下王子的痛苦。對於故事的內容，明明應該已經記得了，但每次一講到王子的銅像被扔進熔爐裡熔掉的那一段，她必定淚眼盈眶。雖然一樣都是王子，但她清楚辨別得出願意自我犧牲的快樂王子與我所做的唐納王子是不同的。

某一天，正巧看見我正在用睫毛夾把睫毛夾捲時，她的反應太過溫柔得幾乎令人困惑。

「不行啊──眼睛，會掉下來哦──。痛痛喔──。」

直到現在，我每每想起她的時候總會先浮現那張哭泣的臉龐，為了自己以外的某個人真心流下的，她的眼淚。

「不可以喔不行噢，眼睛很重要……」

原來睫毛夾是這麼殘酷的奇妙器具啊？我一開始只覺得好笑，但馬上意識到她是真的很擔心，趕緊把化到一半的化妝品放下，緊緊抱住她。

「不會啦不會啦，不會掉下來啦——。妳看，我的眼睛不是還在這裡嗎？」

我貼近她的臉龐，拚命把眼皮往上抬，但她還是哭個不停。跟用唐納王子嚇唬她的時候，那種撒嬌似的哭法不一樣，由於太過擔心某人而擔心到了失去了自他的界線，寧願提前代為承受當時雖未發生，但將來可能會來臨的痛苦。這個孩子，這眼前小小的孩子身上居然蘊藏了這麼樣細膩的心思，我一想到這，連我都要哭了。她的呼息撫上了我臉頰，那麼樣的溫暖，頭髮飄散出陽光的香味，一如小鳥的接吻。

她應是預見了我將來要一直閉上眼睛，過著與失去眼球沒什麼兩樣的未來吧。為了到時候無法為我流下的眼淚預先補償。你那可愛的、特別的、最棒最棒的無可替代的姪女，如果她真有能力這麼做，一點也不奇怪。

我的睫毛如今再也不需要夾彎，靜靜躺在醫療用繃帶的底下沉睡。

「沒事喔——」

我用一如當時的聲音向她說。

「眼睛沒有不見噢，為了不要讓它掉下來，我現在用眼皮好好把它包覆起來，一點也不用擔心噢——」

話題扯得有點遠了，不好意思，原本在聊候鳥的事情嘛。

就算雕刻家是出於善意改變加拿大野雁的飛行路線，我還是無法全面認同這種作法，感覺好像是有哪兒出了問題的善意，也難怪你會愕然了。我們人類自以為的安全與對於候鳥而言的安全本來就不一樣，更何況那差別完全不可能用人類的語彙來說清。牠們早自太古時代就已在天空中畫出了自己的道路，思考早已成就出深厚的地層，遠非我們人類所能企及。沒想到居然還拍成紀錄片跟電影，更是完全走偏了。

操作著自製飛機飛翔在加拿大野雁前方，率領雁群，臉上滿溢著自豪與感動的人類真的會被野雁當成親鳥來看待嗎？雁群真的會在飛抵「安全」的過冬地點時覺得哎呀，這個人真是幫了大忙而感謝他嗎？我可不這麼想。雁群一定覺得這個人胡亂闖入，實在是個可疑份子，只是牠們依然溫順的隨著雕刻家所設下的騙局前進，並不是因為人類比雁群優秀，而是因為野雁很聰慧，放棄做無謂抵抗。但是牠們耗費了那麼漫長的歲月在天空上所刻劃下的地圖，絕不可能因為人類一時的靈光乍現而被掉包。

讀了你的信後，我忽然想起我應該有一本關於候鳥的書籍，於是請看護讀給我聽。那是梨木香步的《候鳥的足跡》。果然那書就在我印象中的書架位置上，又惹得看護一陣驚奇了。

那本書裡說，自從衛星定位的追蹤方法開始被採用了之後，候鳥的研究便一躍千里。譬如以斑尾鷸來說好了，牠們會從南半球一路毫不著地的直接飛到北半球，飛行距離超過一萬公里。又或者是長野縣安曇野出身的蜂鷹，會於春秋兩季在安曇野與爪哇島來回進行兩次遷徙。秋季的遷徙耗時五十二天，總飛行距離為九千五百八十五公里。春季的遷徙路徑更是漫長，需要八十七天，總飛行距離達到一萬六百五十一公里。

從牠們春秋兩季變換不同路徑的情況也可以明顯看出，牠們並非飛翔最短距離。就像你所說的，牠們為什麼要特地繞遠路，移動過那麼漫長的距離呢？就算不費那麼大功夫，也還有其他更輕鬆的方式可以到達不是嗎？人類肯定是這麼想的。蜂鷹遷徙時，會在許多地點呈九十度轉換方向前進，幾乎遊遍了東亞各國，可是牠們並不是漫無目的隨便繞遠路，牠們進出日本時會固定從福岡進出，而在從安曇野出發或抵達的時候，更是精準到了地點總是固定在某一鄰里範圍之內。

被安裝上追蹤器的候鳥朝我們偷偷發出的祕密，怎麼可能容得人類自以為是的善意打擾？對牠們來說，真正重要的並非目的地，而是移動這件事本身，而且那還是超越了人類尺度、橫跨了浩瀚時空的移動，即使我們問了「為什麼？」也沒有意義。

不管遭遇了多殘暴的風雨、不管疲勞是否已經逼至極限，只要遷徙便是牠們的生存本身，牠們便遷徙。就是這麼簡潔的真理。

書中最打動我心的，是把遷徙比喻為一段「通往內界的旅程」。很令人吃驚的是，聽說靛藍彩鵐這種鳥如果從小時候便刻意不讓牠們看見星空，牠們長大之後，不管讓牠們看了多少星空，牠們也已經喪失了定位能力。星辰就存在於靛藍彩鵐本身的內在裡，牠們將內在星辰與外界的星座對照，導引自己的正存在於自身之內，而「通往外界的旅程」，其實是一段「通往內界之旅」的鏡像……。

這個段落，我足足請看護幫我朗讀了三次。因為人類對於知識的探索而害得牠們未能擁有內在星座的靛藍彩鵐實在很令人難過，牠們到底度過了怎麼樣的一生呢？忍不住遐思。不過因為牠們的犧牲而換來的事實，則具有崇高的意義在內，再怎麼感謝也不足夠。牠們沿著地球這天體所進行的遷徙，也同時是牠們對於自我內面的探索之旅。沉澱在意識底層的記憶、攀乘著基因被運送而來的命運，藉由這種看不見的時空之旅，牠們向自己展示了自己之所為何物。

這樣去思考的話，我感覺牠們的遷徙無異於是一趟前往死亡的旅程。牠們用迅疾得令人錯以為是靜止不動的振翅逃離了重力，自天空的邊際放眼眺望這世界的姿態，那樣的牠們、那樣的眼球之中，肯定映照出了現世的彼方吧。比方說，無法說清究竟是天明或是日落黃昏的自地球與宇宙邊境滲出來的光。那指引著候鳥群，沒有任何人曾親眼見識過的光，假使是從死亡之界照射出來的，也沒什麼好奇怪的。

這麼一想，就覺得心情輕鬆多了。所以我並不想像那位雕刻家那樣飛在前頭，我毋寧想要默默跟在最後。沒有比牠們更值得信賴的領航員了，只要跟著牠們，我就可以抵達正確的場所。

《候鳥的足跡》裡還有一段令我印象很深刻，我可以把它抄寫在這裡嗎？

生物會前往自己想回去的地方。適合自己的地方。願意迎接自己的地方。自己可能有一席之地的地方。當是自己本來從屬的地方。能夠回歸的地方。

儘管那兒應該此生未曾去過。

為什麼那天我們不是帶你姪女去湖邊，而是去了海邊呢？我們原本應該去湖畔的。去沒有波浪、水面清透，被湖岸環繞了一圈圍在裡頭的安全的湖。那湖，我們再熟悉不過了，她也還小，就算我們三個人一起搭一艘小舟也還很充裕，更何況你比誰都更擅長掌舵。可是，為什麼？

我清楚，當然清楚，這問題就算我問了再多次，也沒有任何人能得到救贖。

可是今日，我依然對著眼簾背後的闃暗無法自抑的拋去了疑問。

那是個萬里無雲的清朗好日，盛夏的午後。陰影在海灘之家借來的大遮陽傘底下舒張了開來，包住了躺在海灘椅上的三個人。收音機中，正宣告今年最高氣溫的廣播聲，隨著不時吹來的海風捲進了海浪聲中隨浪潮而去。

她身上穿的是她有生以來第一套泳衣。那是住在遠方的外婆寄來給她的一套看起來就非常稚氣的兒童泳衣，正紅色的底布上妝點著白色點點，胸口與腰際還點綴了花邊。更惹眼的是那頂同樣花色的泳帽，把頭部完全包覆住，在臉頰邊修飾了兩層花邊布，下顎的地方則用蝴蝶結綁起。

她是多麼期待穿上那套泳衣呀。去游泳對她來講，就等同是穿上能讓眾人稱讚「好可愛啊好可愛啊」的那套泳衣，只要稍微沾上一點沙，她便用毛巾擦掉，又拉一拉肩帶，整理好花邊線條。她對那頂稍微過大而容易歪掉的泳帽有點擔心，好幾次把頭往我的方向一伸，讓我幫她把蝴蝶結重新綁好。臉龐被輕柔的多層花邊修飾住的她，看起來就好像是從親鳥仔細搭建好的鳥巢裡頭把臉伸出來的雛鳥一樣。

我請你去幫我買霜淇淋。小賣部前面排了好長隊伍，看起來要排很久，可是這種時候你也不會擺出難看的臉色拒絕我，我知道。所以，那時候你不在現場，一點也不是你的錯。

海水出人意外的冷涼，帶著微微混濁。陽光明明那麼燦爛，卻還沒照進水裡便被波浪捲進了漩渦中，不曉得捲去了哪裡一樣。瞇起眼睛仔細看也看不進海底，只看得見游泳圈中露出了她那細弱的腿，還有一小段一小段的海藻。

她高聲歡呼。也或許，我聽到的那是悲鳴。初次體嘗到的眩惑與不安反叛的解放感、令人暈眩的潮水味、難以明說的敬畏心，這朦朦朧朧的一切一切忽然一口氣包圍住了她，令人感受到她全身的激動。胸口的花邊漂浮在水面上盪漾，彷彿是與她不同的一個生物正在呼吸一樣，一片片一片片，片刻不停歇一直漂浮搖動。

我記得我回頭看了一次海灘那邊。說是回頭，其實離波浪湧上沙灘的地方也還沒走那麼遠。剛剛三個人還躺在那裡的那把遮陽傘的影子還維持著跟方才同樣的形狀。我在小賣部尋找你的身影，想要跟你說，要是你已經買到了霜淇淋就趕快回來吧，趁著還沒融化。我居然惦記著那麼毫無緊要的事。我擔心著零食，愚蠢至極。

我沒有找到你。不知是隊伍依舊那麼長的關係，或者是因為大家都穿著相似的泳衣，抑或是因為逆光？視野的角落裡映著泳衣的紅影，手上也確實還留著游泳圈與小手的觸感。

一個大浪湧來。視線一回過來的瞬間，我只看見一頂紅色泳帽。我趕緊伸出雙手攫住，但巢中已然空蕩蕩。仍舊活著呼吸著的，只有那些花邊。

之後發生的事，就像我被問的時候對著各種人，對著救生員、救護隊員或警察，總之是許許多多我所難以分辨的某個人所說的一樣。又哭又喊的我到底在說些什麼應該很難聽得懂吧，可是大家依然耐著性子聽我說，幾乎是溫柔的聽我說。為什麼像我這樣子的人，大家願意那麼忍耐的聽我講話呢？在我混亂到了極點的心中角落，有另一個我，臉上浮現了難以置信的表情。

那時候，在那之間，你人在哪裡呢？我完全沒有印象。不管如何回想，浮上腦中的只有掉落在那遮陽傘底下，沾滿了沙塵的霜淇淋所浮上的那過於甜膩的氣味。

你寄來的信中，最讓我感到寬心的是你說你讓你「姪女把信化為聲音」的那一句話。讀到那一句，我知道，我也能夠讓你家那可愛的小姪女加入我心湖上那些靜靜划著單人船的成員裡頭了。我知道，在那少少能夠共享沒有其他人能夠理解的Ungeziefer的語言、能夠理解扎根在晝螢之光上所發出的內心摩斯信號的同伴裡頭有她。她非但沒有責怪我倆怎麼毫無理由選擇了大海，反而還發揮了出色的聰慧，好好找出了隱藏在大海裡頭通往我這片湖的水路。即便是那麼「闃暗的小徑」。這件事，你在最初的信裡便已經提到了。

瞞著你做出了那個殘酷決定的那天，我把所有不再需要了的嬰兒服都給拆了扔了。不曉得為什麼，小嬰兒服用的毛線雖然比大人的衣料少，可是拆開時卻更花時間。也許是為了保護剛出生還很脆弱的小嬰兒，細巧的針目裡頭藏了更多的花樣吧。明明毛衣或圍巾拆開時是嘩啦啦一下子就沒了形體，但嬰兒服卻得一個針目、一個針目慢慢拆，好像是要把留戀給保留下來一般慎重。拆解嬰兒服之間，那不成聲音的聲音，撫過了衣櫥內的共鳴板，掠過了我耳畔，在還來不及傳達到你二樓的書房之前便飄失在昏黑之中了。

我把已完全失去了原本面貌，根本看不出來方才是什麼東西的那一堆亂七八糟的起毛毛線放在手心之中胡亂搓成了一團。小小的，只不過就夠收在我掌心中的那麼小一團。比單單的屍體還輕。甚至可以說，幾乎什麼都沒有，無。我一整夜睡不著，到了早晨，將那團毛線丟進火爐裡的殘燼，燒了。一瞬間，就那麼一瞬，燃揚起了艷美的火舌。

你沒有責怪過我半句關於你姪女的事，但是小嬰兒服的事情你直到最後的最後都沒有原諒我。當然我現在也依然不認為自己能夠得到原諒。

我不知道該怎麼做。該怎麼用失去了你姪女的同一隻手，抱住我自己的孩子。那作法，我想不到。

她怕泳衣弄髒，不太想下水。慫恿她去海裡的人是我。

「下水的話，妳泳衣上面那個紅色看起來會更漂亮喔——！」

我不是誑她。泳衣沾上了海水後，色彩看起來更鮮亮，簡直好像透明一樣的讓她柔嫩的肌膚看起來更嬌嫩了。飛散到泳帽上的水滴則在陽光反射下閃著光亮。她緊緊握住我的手。不用別人解釋，她就知道在那片廣闊大海裡，能夠撐住自己的就只有眼前這隻手腕。

我們那沒有出世的孩子今天也找不到迎接自己的玩具，直到現在都還在那白絨毯上參加寶寶爬行比賽。不曉得那位畫人像的年輕人，有沒有辦法畫出這樣子的小嬰兒未來的肖像呢？

「當然可以哪。」

有著一對清朗眼珠子的那位年輕人一定會這樣說，溫柔的點點頭吧。

因為呼吸肌肉疲乏而導致血氧飽和度下降去住院的那陣子，我試著彆扭的拍動翅膀，想追尋候鳥的群蹤，但可能我功力還不夠吧，半路上就被驅逐了。不過我感覺好像稍微聽到了一點羽翼掠過天空的聲音。接下來我勢必要穿越的，如果是一趟「通往內界的旅程」，等在我前方的，必定是一片湖泊吧。沒有自轉軸也沒有極性，像是一顆地底行星一般的湖底沉著單單一張票、獨獨只漂浮單人小舟的湖泊。那些小舟，便是之於我的內在星座。

話說回來，候鳥們還真是不會顯露出一點疲態呢。明明是那樣飛到顛顛晃晃的疲憊不堪、就算嘆上一口氣也很自然的旅途，牠們卻永遠保持平靜。雖說野生世界裡頭一旦顯露了一些些弱點便會招來危險，我們也不用對牠們的平靜自若感到驚訝，但那種堅定不拔的平靜裡具有一種超越常理的神祕，如果只把那詮釋為牠們不過是強自忍耐，就對牠們太失禮了，我覺得牠們那樣的姿態，反而顯明了牠們真實的精神。

牠們離開時，沒有在天空中留下任何一點證據。這世界上所有存在，都必須要在半路上結束原本沒有終點的旅程，回到最初熟悉的場所，當然，牠們也不例外。

等待你的信，就像是在等待一顆被高高打上了夜空的界外球落地一樣。你的左眼因為松枝、右眼因為起爆器而失去（多麼像是《春琴抄》裡的佐助啊），於是夜空令人目不轉睛，彷彿全面被籠罩在渾沌的昏暗之中一樣。感謝你應該是體諒我猜拳輸了不得不採取先攻，情勢對我不利，明明你可以選擇日場比賽，卻選擇了夜場。

棒球的白。那白被筆直吸進了黑暗之中，沒有任何東西可以阻礙那份白。風停了，球場燈已經照不到那顆球飛去的地方，一不小心眨了眼睛，便連球到底是還在往上竄抑或已經開始掉落了又或者靜止了都分辨不清。那白點愈來愈小、愈來愈小，但卻並沒有消失，它的確是在宙空中劃下了印痕，以確切的一個小點，就像久遠前的那個日子，你在地下坑道為我指出的那一個光點一樣。

我怕自己眨眼，拚命睜開眼瞼，抬頭望向黑空。要是我搞錯了，那個小點其實不是球而是白色星星該怎麼辦呢？我一邊這麼擔心，一邊忽然也提早感受到了手掌上傳來了接住球時的觸感。這是界外球，漏接也沒關係，跑者不能往前跑，不會被得點，我告訴自己不要慌張，定下心來，確認腳步，將雙手伸向天空。被黑暗包住的手臂顯得那樣無助，看來幾乎都是骨頭，指尖不知是因為喜悅或者畏懼而微微顫抖。隊友們全都跑到哪兒去了呢？遼闊的界外區只有我一個人，完全沒看到其他身影。那顆被帶著再見全壘打的昂揚意志打上了高空的球，一副就算飛破了天際也無所謂似的依然一路一路往上飛。

今天早上看護讀了一篇很有意思的報紙新聞給我聽。她跟我相處已經久了，很清楚我對什麼話題會感興趣。

「哎唷唷，居然有這種事耶～～哇……這世界還真是天大地大……」

她出於親切，想提高我的興致，先講了一遍她自己的感想，再刻意把報紙弄出聲音來。

「說是在什麼亞馬遜，我看我一輩子也不會去吧。也沒什麼事情要去那裡。一想到這地球上有什麼地方是自己連一次也沒去過的，莫名就有種安心感，妳不會嗎？很怪嗎？哎唷，我不太會講啦……」

位於離海洋有一千六百公里以上之遙的亞馬遜雨林深處的蝴蝶，由於無法攝取足夠鹽份，因此會吸食烏龜的眼淚以補充鈉。肉食性的烏龜體內可以蓄積礦物質，而這些礦物質會跟著眼淚一起流出。蝴蝶吸食烏龜的眼淚，並不會對烏龜帶來什麼傷害或痛苦，因此烏龜也沒有表現出厭惡，只是靜靜任由蝴蝶吸食。

「還有照片耶。烏龜鼻尖上停了一隻蝴蝶……這看起來根本就是天國上的場景吧？」

下次投胎轉世的時候讓我們變成亞馬遜的烏龜與蝴蝶，再次相遇不知道有多好。爬到了水邊岩石上的烏龜，正伸長了脖子對著太陽什麼也沒想的放空。這時候，不知從哪兒來了一隻蝴蝶往牠靠近。烏龜察覺到了，但牠盡量不動，以免嚇到蝴蝶。慎重的蝴蝶一開始也很猶豫，後來終於下定決心輕輕飛到了烏龜眼睛旁邊停了下來，把兩片翅膀闔上。牠們的視線並未交會或重疊，只是牠們的輪廓卻自然而然合而為一。即便那是堅硬的龜甲與過於輕柔的翅膀，兩種擁有截然不同種類身體的同伴。

蝴蝶晃動著觸角，一邊把吸管狀的口器伸入眼睛邊緣的一窪水。烏龜假裝沒注意到自己身上現在正在發生什麼，牠想，這樣子蝴蝶應該可以比較輕鬆的盡情吸吮淚水吧。至於蝴蝶呢，當然也察覺到了這份心意，不時留心自己過長的口器有沒有碰傷了眼瞼，鱗粉有沒有飛進烏龜的眼睛裡？

從森林幽深處不斷傳來各種生物的鳴叫與氣息，唯獨牠們身旁被包覆在一片寂靜之中。有時候陽光穿過樹林在龜甲上映上了模樣，風兒吹動了翅膀，那是一隻揹著深綠色厚重龜甲的烏龜與一隻鮮濃黃綠色上有著黑色斑點的蝴蝶。

最後蝴蝶心滿意足的飛走了。烏龜眨眨眼睛。各自都沒有示意道別。

你與我，誰是烏龜，誰又是蝴蝶呢？就讓我們猜拳決定吧。只會出布的你，跟只會出石頭的我。

寫於木香花味偷偷從開敞窗外飄入的破曉時分——

第 *14* 封

季節慢慢的轉換了。不是以一種無法回頭，像踩著階梯一樣慢慢往下降的方式，而是忽的暑氣一下子猛然彈回，有時寒氣又搶早來了一步似的，兩者各自瓜佔掉了一些日子。整體上，一個喚醒過去一年感受的大分水嶺正在逐漸接近，這光從每天早晨打開面朝幽谷的研究室窗戶時，外頭飄進來的空氣中的香甜便可感知。姪女跟我說，山坡上有塊地方開了些桃色的花，這兒的標高不低，我想該不會是自己從前喜歡的阿爾卑斯杜鵑吧，但我並不記得在這一帶看過那色彩鮮豔的野花。而且群生的地點似乎就在附近這一帶野生動物會跑去吃富含礦物質的粘土質土壤的一片算是土地滿荒蕪的地區，這也讓我無法釋懷。於是姪女偷偷沿著某條森林管理人所走的路徑去現場幫我確認了一下，她說有兩片小小的淺粉色花瓣朝著正面長，背後還有同色系的大花瓣，然後正中央有黃色的花蕊，葉子是心型的，很大。我聽她描述，心想這不是 Begonia grandis 嗎？

不曉得腦袋是不是也跟著季節轉換了，以前那樣順溜溜就能講出的日文名稱，現在卻渾然一下子想不起來。想不起來就暫且忘了也無所謂，但畢竟我要在寫給妳的信上提起這件事，想要慎重一點，所以請人幫我從學名查回去，查出來的結果是秋海棠。窗外飄進的外頭涼意與花名重疊在一起，不知為何，我脫口而出一句「咽頭氧氣清冷秋海棠」。至於作者的名字，還是五里霧中。氧氣清冷。當年歌詠這一句的人應該是正在治療肺結核沒錯，他躺在床上，用像被擠壓的肺困難呼吸的時候，不曉得是不是看見了窗外有些西瓜色的花朵正在綻放呢？又或者，是他自己體內吐出了薄桃色液體，他這般代稱？

每次妳的話語寄達時，我也總有一種好像是被氧氣清冷的感覺給襲擊了的感受。在把純粹而全然沒有髒污的生命之源從氣管吸進體內的同時，我也彷彿瞬間被會將肺部給凍結的凶器般的寒氣所團團包圍。這回妳寄來的信，我不曉得讓我姪女幫我唸了多少次。一如妳至今為止的口吻，淡而從不激烈，但我在讀到最後時卻感覺好像整局黑白棋都被翻盤了一樣，感覺好像我自己正在受苦，但卻被禁止再吸入任何一口氧氣一樣。我感覺有什麼陌生的情感絲線正從自己體內深處被震盪而出，原本就已經稀薄的空氣又更稀薄了，讓我渾然忘了自己原本正打算做什麼。可是正因為這樣的狀態已經度了過去，有些事情我想把它想出來。

就算讓我吞下清冷的氧氣吧，無所謂，這些事得寫出來免得誤會。無論是我姪女的事，又或者是那原本應該被包裹在嬰兒服裡的孩子，原諒或不原諒這樣的字眼都不太適切。在海邊所發生的那件事，我從來都不認為那是妳無意識之下導向的結果。這點光從妳在意外發生後整個人全身僵硬、虛脫了的樣子也能清楚看出。那件事我也有很大的責任，那天不管妳再怎麼拜託，我都不應該只滿心想帶著冰涼的霜淇淋回去讓妳們開心而什麼也沒想的就走了開去。如果永久消失的存在能夠以「不在」這樣的詞彙來取代的話，也未免太過輕率隨便了。若認同這樣的作法、這種轉換說詞的暴力，那麼大家恐怕都會隨隨便便把自己的罪愆敷衍過去，找一條更輕鬆愜意的路途去走。我們的生活裡，所需要的是對於他者的想像力，那也正是對於這種轉換說詞的暴力採取拒絕的態度，這點我們已經彼此確認過了好多次了，不是嗎？不只語言，所謂的表現都是這樣子的存在。要描繪那沒有出世的孩子的臉，那被拒絕來到這個世界的孩子未來的臉龐時，我們所需要的不也是這樣的力量嗎？那個在公園裡頭畫圖的年輕人無疑至少擁有這麼真實的想像力，而那想像力的部分成果，如今便以這樣的方式留在妳我的手中。

不過我現今所能倚賴的也只有我自己的想像力了。透過敘事來成立的詩，從這兒開始出發。當我虛浮在無邊無際、聲音無法傳達的真空黑暗中與妳交流訊息，一邊試圖別讓自己掉入無法控制的境況時，我所竭盡全力嘗試的，便是「尋找不存在於那兒之物的存在痕跡」這樣全然的矛盾，又或者是——「聽取無聲的聲音」——我亦如此理解。如果只停留在原不原諒這樣的表面階段，不就會聽漏了更重要的聲音、更細微的聲音了嗎？我早已過了那種階段，所以如今才能像這樣跟妳通信。

聲音著實是一種難以掌握的訊號，我至今還忘不了小時候養的一對小鳥第一次生鳥蛋孵化的前夕，給我帶來的衝擊。那時候我一直以為雛鳥長到了一定程度後蛋殼就會自然破裂，雛鳥也自自然然會出到這個世界來。牠們出來之後，接觸到了外頭世界便會開始唧咿唧咿的鳴叫，這個印象則是來自於小嬰兒誕生時會啼哭的連想。但問題是，現實世界裡的雛鳥們自行破界而出的能量遠超乎我所能想像，甚至，牠們從還在蛋殼內側的時候就已經開始叫了。牠們本能察覺出不能再一直待在狹窄的鳥蛋裡面，於是英勇展開挑戰。當我聽到那些細弱的聲音，察覺到了聲音是從哪裡發出來的時候，整個人幾乎陷入了半崩潰的狀態。我沒有想到生命具現為形體的那個喜悅瞬間，居然會演變成從一齣從密室逃脫的自力逃生劇。分秒必爭啊！我趕快打電話到學校找理科老師，問他我可不可以幫雛鳥們出來，可是老師說不行，我只能在旁邊看。雛鳥們現在眼睛還沒睜開，什麼也看不見的被關在鳥蛋裡，處於一種既存在又不存在，要上不下的未生狀態。要是牠們無法克服這個難關，出來外面世界了也很難生存下來。這是考驗生命力的分水嶺。老師口氣嚴肅的說。幸好最後聲音的主人以牠們小小的鳥喙啄破了內外界線，取得了生存權，我也終於安下了一顆心，只是我同時也感到很難為情，為了自己不曾像牠們那樣克服過嚴峻考驗。

不過在誕生、破殼而出這種自發性行為之前的那些啼叫聲，究竟是針對什麼而發出的呼喊呢？我在不需要用天線也不用增強效果器的極近距離就能聽取到的，是一邊還在內界通報自身的所在地，一邊也企圖出去外面時所送出的求救信號。只要那個信號還能被聽到，雛鳥就繼續處於一種既存在又不存在的狀況之中。無論是被波浪吞噬的那孩子又或者是在我不知道的時候，被波浪以外的力量宣告永別了的那孩子，可以說，依然還被留在一個介於妳與我之間，尚未完全裂開、還不存屬於任何一方天地的空間中。我想要這麼想。就算不可能也想要這麼想。我想要把已經結束的事情可能性重新再推回到今後才將發生的狀態裡，讓它維持在想像之中。會發生，或者，不會發生，一切都還不知道，狀態尚未確定，我不想破壞這種狀態，我想要把它就這樣送到未來去。意外之後，以及被告知了事實之後，我曾有過什麼樣的反應，老實說，都沒有必要再去想了不是嗎？

＊

這次妳的信寄來後過了大約一個星期左右的下午，我為了要查一點沒辦法在自己家裡研究室查的資料，跟我姪女去了一趟研究所。我們用不可能存在的指紋進行完了自動認證後，警衛出聲喊住我們。

「老師，我今天早上碰到一件很奇特的事耶。」

那位警衛已經在這兒工作了幾十年，是位見聞廣博的人，能夠正確感知到無法被監視器捕捉到的訪客氣息，並以淺顯的說法表達出來。而且他只會說自己親眼見識到的事，至於謠言或傳聞之類，他向來都只收在心底。有一次，我們聊到他都怎麼處理那些累積下來的他者語言之類的話題，他表情很認真的回我說，他都喝些對人體無害的小蘇打水把它們溶掉。這個備受所有人信任的警衛說，他早上通勤的時候，一如以往搭船過湖，在船上碰見了一位從不曾在村裡見過的嬌小女子，所以跟那個人聊了幾句。他斷定的說她看來並不像是來旅行的，打扮很簡單，穿了一件白色開襟衫配上一條深藍色的裙子，腳下踩著一雙看來質地柔軟的黑色跟鞋。他向她攀談，「您要去哪裡啊？」女人也回答了他。

「不曉得聲音是從哪裡傳出來的，聽起來像是腹語術一樣。搭船的那一帶是利用自然地形往下挖，像深坑坑谷一樣的地方，我說她那身打扮走過去會很辛苦，而且今天起，村子裡一連好幾天要舉辦沒法對外公開的學會，一般人沒有許可的話不能進村，但如果有認識的人幫忙擔保的話就沒有問題。我跟她這麼解釋。她臉上戴著一副墨鏡，看不清眼睛的表情，不過從腹語術的話聲聽來跟您的腔調很像，所以我想該不會是您的同胞，跟您是一樣的職種吧？一不小心便提起了您的名字，結果她說，她就是要去拜訪您耶。唉唷，這麼巧呀，真開心哪。我說您要是有事找他，他現在這時間應該還沒到研究所，應該還在家裡。他可能關在研究室裡，不過他家小姐在，應該會出來接待。結果沒想到我剛說完她馬上臉色一變，感覺好像是有好多層的調光鏡片被抽掉了關鍵性的一片一樣，那麼明顯的變化。接著她用與原本差不多的聲音問我，有位小姐在家嗎？我說是啊，正確來說是他的姪女。就在我這麼一說完後，那名女子的身體忽然從地面上稍微浮了起來，好像坐上一輛看不見的輪椅一樣咻——的，就從才剛抵達的棧橋往通向村裡道路的小徑滑了過去，整個人溶入周遭的景色之中，連一點腳印或輪椅印子都沒留下。可是我問船夫說，我說你看見了嗎？船夫竟然一臉訝異的問我看見了什麼？我說剛才跟我一起搭船來的那個女人哪，她消失了呀，就在那個角落！船夫一聽更為訝異，叫我要不要休息一下，說他今天早上除了我之外什麼人也沒載，那些要參加學會的老師們早在兩天前就載完了，他這麼說。」

空調聲悶響的走廊上，我姪女整個人抓著我的手凝結了。警衛沉穩的話聲繼續說著——那是個很清瘦，感覺像是有著薄透翅膀，輕輕飛舞的蜉蝣一樣的人，而且是最高雅的、羽翅上盈著清透水液的那種。老實說，我現在除了以不遜於寫敘事詩的情熱在研究我從恩師那兒接下來的幻之晝螢調查工作外，還有另一項我很投入的工作，而警衛就在言詞中暗示了那樁事。那是我只靠指尖感覺去發現的一種叫做水葉蜉蝣的新種研究。這種蜉蝣只有雄蟲的羽翅透明得會令人連想到密貼在載玻片上的蓋玻片，而且上下兩片羽翅之間還含著水份，彼此密合。為什麼原本應該要極度輕薄以利飛翔的羽翅上反而承載了重量呢？蜉蝣這種應該只保有最低限力氣的生物，羽翅的荷重應該會對於牠們能不能飛翔這件事造成致命打擊呀？難道水被陽光溫熱之後，能夠為蜉蝣帶來維持體溫的功能？又或者牠們可以連一口水都不用喝，只靠羽翅上的水就能存活？還是雄蟲可以把自己的軀體連同水份一起提供給雌蟲？

我條列了很多可能性，透過敏銳的手指與舌尖長期研究這項不可思議的生物，不過知道我研究內容的只有所長與我姪女，再來就是這位警衛了。我聽完了他的話後，原先橫亙在心口上的不安，一下子漩了開來。

「年紀上老實說，因為是在這村子裡，實在很難判辨，但如果讓我以自己的印象冒昧來說的話，感覺她像是一位擁有很多能配合年齡去轉換面孔的面具、像演員一樣的人呢。」

聽到這裡時我已經確信，警衛所看見的肯定就是有時會在抽屜中轉換容顏的那張肖像畫的其中一個面貌，亦即是我所最熟悉的那個時期的妳。被掩在墨鏡底下的一對眼眸，應當是晝螢色的吧？警衛知道我眼睛是怎麼壞掉的，也知道那椿晝螢事件。他還附加了幾句，對了，那名女子走上棧橋的時候，湖水的青色顯得更青更沉了。她手上拿的那個，不曉得是不是伴手禮？一頂看起來好像小孩子用的紅帽子。青碧對上赤紅，很亮艷呢。

可是那名女子沒有來我家也沒有來研究所。村裡的人包括船夫，也全都堅稱沒有看過她。我想警衛不可能說謊，我可以再說一次，他是個值得讓人全面信賴的人。那名我堅信一定是妳的人，就像不厭膩轉九十度更換前進角度的候鳥一樣，消失在了半路上。不過，我找到了她的痕跡。淺微的啼鳴變成了石頭，四處掉落在道路上。在我以前念的那所學校的中庭、在造成我失去視力原因的那處晝螢池子的周邊，還有在那沾滿了煤炭的舊礦坑裡、長時間沒人使用的太空人訓練池底，聽說出現了宛如同時蘊藏了大海與天空的碧藍一樣，看來像是藍寶石的石頭閃耀著光芒。青碧星辰的花束。讓人感知到這世界的氣息，巨大的地底眼眸。妳不是一個會穿戴珠寶之人，那些結晶想必是什麼超越人智的力量所催生出來的，墜落在了那些地方吧。大空人訓練池的清掃員撿起來的那些石子裡頭最大的一顆，聽說被仔細以乾毛巾擦淨之後收藏在了事務所的玻璃櫃裡，過了一陣子，從裡頭傳出了聽不出究竟是人聲或是鳥語的微弱聲響。

我聽說了之後，無論如何就是很想親耳聽看看，那一定是我必須要傾聽的聲音。於是我立刻跑去泳池管理處，請他們讓我摸摸那石頭。我將它貼在耳邊，試圖聽取一些幽杳的信號，又或者是妳的——讓我確信沒錯，就是妳的聲音。可是我什麼也聽不見。我將它放入口中，嚐著石頭冰冷生硬的觸感，試圖溶掉它那堅硬的藩籬。我期待自己或許能像礦石收音機一樣，接收到什麼從石頭發出來的信號，可惜我的期望落空了。石頭依然是石頭，它麻痺了我的語言中樞，讓我什麼字句也醞釀不出來。之後我聽說它被懷疑可能是從太空來的墜落物，被送去了研究所本部分析。結果還沒出來，不過我透過熟絡的研究者所得知的唯一消息是，那顆石頭上有被某種堅硬的物體，而且不是金屬，而是什麼生物的身體一部分尖銳刺撞過的痕跡，像是鳥喙或是龜甲之類的有機物。

我們依然還是離得那麼遠，依然還是無法突破彼此堅硬的殼，只能靠出生之前那無助的聲音彼此呼喚嗎？若世人所說所謂的愛，從來都只是為了離別而做的準備，那麼在我們離別之後所流進的這些空氣裡，是否也另蘊藏了一份新的愛？

為了眼淚裡頭蘊含的鈉而去啜飲烏龜眼淚的亞馬遜深處的蝴蝶，實在是很美很揪心。我之前也跟妳提過，會來我住處附近尋找富含礦物質土壤的就只有哺乳動物而已，昆蟲們應該有牠們自己能攝取到足夠維生的鈉含量的地方吧。我研究室裡收藏了不少攝影雜誌，先前讀完了妳的信後，我試著找看看有沒有妳所說的那個照片。說是找，其實也不過就只是用指腹去摸找紙質而已。當食指的指腹開始微微溫熱，我會感覺到妳那既冷又熱的令人眷念的手指頭似乎摩挲過了我臉頰，輕聲跟我說，就是這裡了。至於找到妳在信上所描寫的那張照片的人則是我姪女，也是她用仔細的話語為我描述了那張照片裡的情景，而且不曉得為什麼，她說話的口吻之中帶上了妳的影子。那淚水裡的鈉不曉得是不是散發出了蜜的香甜，不只一隻，而是有好幾隻蝴蝶都湊了上去吸食，翅膀的色澤根本就是完美的 papier collé ㉙ 。她像個詩人一樣的說。

是說妳也真是的，只留下了清淡的薄影又再度從我眼前消失，竟還又提出這樣殘酷的選項逼我選擇，說什麼要再活一遍的話，你要變成哪個呢？是烏龜，還是蝴蝶？妳這樣不清清楚楚徹底選定一項的性格，我以前的確很著迷，如今依然，只是這一次，要是我還有機會再度跟那時候的妳相遇，我想不管是猜拳或抽籤，都不可能淨選擇其中一項了。這一路以來，我們一直從彼此的淚水裡攝取礦物質。我們從自身之外的各種故事、各種字句裡頭獲得了養分，沒有什麼語言是完完全全只屬於自己的，這是我們共同的認知，所以我們才能從晦暗的隧道盡頭、從湖底去覓尋出維繫我們生命所需的礦物質。若果無論如何就是需要鈉，只要去海邊就好了，去找尋岩鹽就可以了。為了達成超越時空的再會，我們可以移動到距離海岸線有幾百公里遙遠的內陸地區，當然，在那樣子的地方有撞見其他動物的危險，也當然需要無比的勇氣。比起鱷魚的眼淚，吸取烏龜的淚水或許比較安全，但即使是在那種情況下，我們所能做的，還是只有像在那艘天鵝船上那樣，同時接受溫度與距離的存在，並肩筆直的一直看著前方而已。

如果還有什麼我們兩人應當一起做的事，那不就是我們在那起事件後所扮演過來的，成為一隻蝴蝶的左右翅膀嗎？像合起雙掌一樣，羽翅相合，兩人一起把藏在烏龜淚水裡頭的語言與於一萬年之間積累下來的記憶給吸取過來。讓貼合處的花紋也看不見吧，筆直立起翅膀。翅膀閉著，便不能飛，唯有成為一片垂直的帆，空出一點點空隙讓風兒流過。我們要看的，不是烏龜與蝴蝶的對比，我們的注意力要專注在更脆弱的蝴蝶身上。在我的想像之中，若有來生，唯有在這樣的共同作業中度過。

有時候我姪女會把我當年在那湖畔之家時，在茫暗中伸手探查的生活中做著

㉙法文的拼貼作品之意。

自己也沒意料到的展現時，我之中的另一個我所拍攝的照片拿出來看。她似乎在我看不見的妳的照片中，感受到了連對她自己母親也未曾感受過的那麼強烈而直截的語言與身體接觸的本質。她是什麼時候這麼說的呢，我忘了。她說，嬸嬸那時候抓住了我的手喔，這裡，緊緊抓住我這裡，不讓我跑遠。我很害怕，覺得不舒服，所以扭得很用力，嬸嬸應該也抓得很辛苦吧，可是她一直拚命抓著我，直到抓不住為止。她說。我想，妳有妳的解釋，妳照妳的解釋活了過來，而妳的解釋之中並沒有半點謬誤，只是我姪女也用跟妳幾乎一模一樣的聲音，看著妳在各個時期的面貌，述說了她自己的角度，彷彿就像在說，聽漏了的石子聲音就在這兒喔。

妳現在人在哪兒呢？有沒有好好在安全的輪椅與看護的守護下吸取冰冷的氧氣？究竟我們兩人的時光是在哪兒發生了扭曲？我以為的我之中的另一個我、另一個架空的我，如今卻成為了真實的我，尋找著妳的氣息。在撕心裂肺的心心念念裡，妳的身影從奇異的肖像畫幻化成了看不見的照片，又幻化成為照片中刻意按下

閃光般的忽迸亮光的螢火蟲。我愈想愈覺心頭紛擾，但也讓我莫名產生一種安心感的，是因為我們三人……不，正確來說應是四人，連結起我們四個人的烏龜的淚水依然尚未乾涸的緣故吧。應當相信那淚水，那發出了契忍可夫輻射、讓藍色眼球花束般的眼睛發光、將未生的聲音關入的藍寶石。那水滴無論如何都不可能枯涸。只要我們能一同啜飲那淚水，我們就能像昔日飛越韃靼海峽的蝴蝶一樣，以拙劣的擺動，控制被青紫色光芒照耀的翅膀繼續飛翔吧。我如此夢想。

妳還記得我們在收聽船舶氣象預報的那個房裡一起收看租來的影片那天的事嗎？那部片我已經在電視上看過了好幾次，除了中間廣告部分之外，已經連細節都記得很清楚了，只是又被一次租借幾片可以便宜一點的廣告給吸引，又加進了租片單裡。《聯合縮小軍（Fantastic Voyage）》。妳看之前並不知道它是一部早期的特殊攝影作品呢，還一副「你又要看這種片了」的表情。那一天剛好是租借期限的最後一天，我們花了點時間慢慢吃過了午餐後，一同看片。那部片的內容很荒誕無稽，講一個帶著軍事機密逃亡的東邊男人，被意圖阻止他將機密外流的同胞襲擊，導致腦內血腫，為了要拿到他手上的機密，必須先幫他把那個位於無法手術部位的血腫給消除，救回男人的性命才可以。於是想出的特別辦法是把醫療團隊放入潛水艇內，連同潛水艇整個縮小到極小的程度，從男人的頸動脈打進去。醫療團隊進去了男人的體內後，接連克服一個又一個難關，好不容易一路逃過了排除異物的白血球攻擊，終於抵達了目的地，可是縮小效果只能維持一個小時，跟船舶氣象預報一圈的時間差不多。過了這個時限後，一切都會變回原本大小，就算治療成功，患者身體也會被巨大化的外來物從體內迸裂，原本應該可以救回的性命又得重歸塵土了。而且團隊裡可能有人想要阻礙任務進行，隊員互相猜忌之下，情節更為懸疑。

妳跟已經不曉得看過那部片多少次的我不一樣，看得異常專心。醫療總部極端踏實得彷彿像是一個軍事作戰總司令部的氛圍對比上了人體內部多元的色彩與形貌，巨大的落差所形成的詭譎感讓妳駭異得連眼睛都忘了要眨，一直揪著小小的電視螢幕猛看。每當醫療團隊面臨一個新難關的時候，妳便向我伸來妳冰涼的手。說到這，我來了這兒以後，有一次有個機會，把研究所資料室裡的那部片連同播放器材一起借回來，跟我姪女一起「聽」了那部電影。那時候她還小，螢幕上名為「手術」的「作戰」才剛開始不久，她便看得驚愕出聲，因為醫師們搭上的那艘潛水艇的名字，正是以變身及預言能力聞名的希臘之神為名。她一直吵著說，我們搭那艘船去找嬸嬸吧！我跟叔叔一起，我們搭那艘船從湖底去大海吧。說什麼都不聽。或許她那時候已經先預感到了妳現在的狀況，希望用那艘船去查出病因，如果運氣好的話，搞不好還可以用內視鏡手術之類的把病灶給去除吧。

我不知如何是好。因為那艘同時也是太空船的潛水艇有種會令人莫名連想起天鵝船的氛圍。我不希望那天冷汗直冒、惶悚不安的記憶被投射到這個平穩的小村裡。而且再說，那種船要去哪裡找呢？哪裡也沒有。另一方面，我對那天鵝船也有了新的認識，或許它根本就不是什麼滑過湖面的交通工具，而是一種潛入未知世界的裝置，又或者是就像知曉自己該回去哪塊土地的候鳥一樣在天空中飛舞的道具？雖然破哏提起電影結局不是什麼上道的作法，可是我想這種私人信件應該沒有關係吧。電影最後，讓醫療團隊得救的與蝴蝶伸出口器吸食的是同樣的液體，既介於內側與外側之間，又同時打開了對外迴路的淚腺。我是否可以這麼想？能夠圍住我們、拯救我們的，一定也是眼淚。

妳依然還閉上妳的眼睛嗎？從閉上的簾幕裡，淚水像盈溢出來一樣的往外流。也有時候，是潰堤。在那之中，肯定積滿了維持生命所不可或缺的存在之鈉。那液體中，應該有能以藍色眼瞳花束捕捉住宇宙光線的質量與深度。未知的語言與情感、今後才將孕成的尚未誕生的表現都溶化在那裡頭了。不可不吸取的，不是活了一萬年的賢者智慧，而是即使在自我意志下決定緊閉的眼簾也無法阻絕的那一滴、兩滴的水滴。烏龜或蝶，就讓我們拋開這種二選一的作法吧。成為蝴蝶吧！成為那停在天鵝船上，朝著各塔台發出的聲音方向飛去的蝴蝶翅膀。妳在右，我在左。彼此比鄰又能夠維持無限遙遠關係的，就只有這個方法了。若我們善用氣流，或許連礦泉水瓶的瓶中信都能夠讓我們投到太空中呢。

從研究室的窗內看得見的外頭山谷已經灑下了陽光，我微微可以察覺得出。隨著氣溫慢慢上升，大氣的味道中還加入了被陽光撫熱的草香。理所當然的用雙眼從這兒眺望外頭可見的景致是什麼時候的事呢？失去了功能的眼睛深處，幼時所見過的幻之晝螢、跟妳一起仰望過的藍色玻璃眼珠、絕對是因為反射了早晨陽光而縈縈亮亮的水葉蜉蝣翅上的亮光，還有妳嘴角浮現的光灩的笑。一個接一個，被照亮了起來。有時候因為日子，有時候因為身體狀況，影像會濃一點、淡一些，模糊一點、恍惚一些，但能夠像這樣依然還記得當時的回憶而沒有忘失，我是多麼幸運的人兒哪。我姪女好像還沒起床，聽得見外頭鳥兒啼叫。輕輕細細唱出來的，乾淨的鳥鳴。有幾種我從研究所聲音資料庫借回來的卡帶裡頭聽熟了的野鳥啼唱響了起來，黃尾鴝、黑喉鴝、紅頭伯勞。我不確定是不是正確，搞不好我姪女又要糾正我，「叔叔，不對啦，不是這個季節啦」。傳來了小卡車的引擎聲。每天早上，它會給我送來剛擠出來的裝瓶鮮奶，那個大概就相當於我現在的瓶中信吧，我猜。把紫色塑膠薄片拆掉，拿起硬紙蓋，直接就口，我又被姪女罵了。拜託，倒到杯子裡喝好不好？是啊，跟妳在一樣的時間點、用同樣的語氣。現在的我，既然沒有萬年生命的生物淚水，還是先喝牛奶就好了吧。各塔台、各塔台，這兒是晝螢村。結束，再見。為免錯過彼此的聲音，我不會再伸出手，抹去你眼瞼後頭滲出來的青色水滴了。

濃霧氤氳的湖邊——

引用、參考文獻

第一封

・平出隆《由明信片認識唐納・埃文斯》，二〇〇一年，作品社。

・特勒亨（Toon Tellegen）《心情好的松鼠》，長山 Saki 譯，二〇一八年，新潮社。

第二封

・Evgen Bavčar.- *Le Voyeur absolu*, Paris, Seuil, 1992。

Evgen Bavčar et Esther Woerdehoff.- *L’inaccessible étoile. Un voyage dans le temps. Der unerreichbare Stern. Eine Reise in die Zeit*, Bern, Benteli, 1996。

第三封

・安妮・法蘭克《安妮的日記增訂版》深町真理子譯，二〇〇三年，文春文庫。

・今福龍太《亨利・梭羅——野生學園》，二〇一六年，Misuzu 書房。

第四封

・*I monde réel*, Actes Sud et Fondation Cartier pour l’ art contemporain, Paris, 1999。

港千尋《遠心力——冒險家們的宇宙論》，二〇〇〇年，白水社。

第六封

・奧克塔維奧・帕斯〈藍色花束〉，《拉丁美洲五人集》，野谷文昭譯，一九九五年，集英社文庫。
・宮澤賢治〈青森輓歌〉，《校堪本宮澤賢治全集第二卷》，一九七三年，筑摩書房。
・巴夫洛夫《大腦半球機能講義——條件反射學》（上、下），川村浩譯，一九七五年，岩波文庫。
・柘植秀臣《何謂條件反射——巴夫洛夫學說入門》，一九七四年，講談社藍背書系。

第八封

・理查・史特勞斯與霍夫曼史塔《音樂劇〈玫瑰騎士〉誕生秘話——通信集》，大野真監纂，堀內美江譯，一九九九年，河出書房新社。
・三宅新三《理查・史特勞斯與霍夫曼史塔》，二〇一六年，青弓社。
・Alphonse Daudet.- *La Beele-Nivernaise:histoire d'un vieux bateau et de son equipage*, Paris, C. Marpon et E. Flammrion, 1886。
阿爾封思・都德《川船物語》，櫻田佐譯，一九五三年，角川文庫。

第九封

・普里莫・萊維《奧修維茲永不會消逝——某義大利生存者的考察》，竹山博英譯，一九八〇年，朝日選書。

第十封

- 〈船舶氣象通報規程〉，海上保安廳告示第一號。
- 〈無線局運用規則〉，總務省。
- 宮古島．船舶氣象通報。https://www.youtube.com/watch?v=6PngiXZTaQQ&list=PLHdZz8LIT4T6ME_jIlqUZffyHrqdU2bqz&index=2&t=0s
- 窗道雄〈山羊的信〉，《窗道雄全詩集（新訂版）》，二〇〇一年，理論社。
- 伊扎克．卡茨尼爾森《遭屠殺猶太子民之歌》，飛鳥井雅友、細見和之譯，一九九九年，Misuzu書房。
- Yitskhok Katzenelson.- *Le Chant du people juif assassiné*, Paris, Zulma, 2007。
- Yitzhak Katzenelson.- *Journal du camp de Vittel, Paris*, Calmann-Lévy, 2016。

第十一封

- 窗道雄《窗道雄詩集》，一九九八年，Haruki文庫。

第十二封

- 窗道雄〈風景〉，《窗道雄全詩集（新訂版）》，二〇〇一年，理論社。

第十三封

- 梨木香步《候鳥的足跡》，二〇一〇年，新潮社。

本書篇章——奇數回為小川洋子執筆、偶數回為堀江敏幸執筆。

PL00092

接著，只要再貼上一枚郵票

作　者—小川洋子　堀江敏幸
譯　者—蘇文淑
編　輯—黃煜智
校　對—魏秋綢
封面設計—兒日
插　畫—楊珮琪
內頁排版—陳姿伃
總編輯—龔橞甄
董事長—趙政岷
出版者—時報文化出版企業股份有限公司
一〇八〇一九台北市和平西路三段二四〇號七樓
發行專線—（〇二）二三〇六—六八四二
讀者服務專線—〇八〇〇—二三一—七〇五
（〇二）二三〇四—七一〇三
讀者服務傳眞—（〇二）二三〇四—六八五八
郵撥—一九三四四七二四時報文化出版公司
信箱—10899 臺北華江橋郵局第 99 信箱
時報悅讀網—http://www.readingtimes.com.tw
時報出版愛讀者—http://www.facebook.com/readingtimes.fans
法律顧問—理律法律事務所　陳長文律師、李念祖律師
印刷—勁達印刷有限公司
初版一刷—二〇二二年三月十八日
初版二刷—二〇二二年五月二十五日
定價—新台幣四八〇元
（缺頁或破損的書，請寄回更換）

時報文化出版公司成立於一九七五年，
並於一九九九年股票上櫃公開發行，於二〇〇八年脫離中時集團非屬旺中，
以「尊重智慧與創意的文化事業」爲信念。

接著，只要再貼上一枚郵票 / 小川洋子，堀江敏幸著；蘇文淑譯. --
初版. -- 臺北市：時報文化出版企業股份有限公司，2022.03
360 面；14.8x21 公分.
譯自：あとは切手を、一枚貼るだけ
ISBN 978-957-13-9940-9(平裝)

861.57　　111000139

ISBN 978-957-13-9940-9
Printed in Taiwan